*Quand vient l'amour*

*Barbara Cartland est une romancière anglaise dont la réputation n'est plus à faire.*

*Ses romans variés et passionnants mêlent avec bonheur aventures et amour.*

*Vous retrouverez tous les titres disponibles dans le catalogue que vous remettra gratuitement votre libraire.*

# Barbara Cartland

# Quand vient l'amour

*Traduit de l'anglais*
*par Elisa Montaner*

*Éditions J'ai lu*

*Titre original :*

THE SPIRIT OF LOVE

## NOTE DE L'AUTEUR

Voici mon 500$^{e}$ ouvrage, dont l'action se déroule à l'époque que je préfère : la Régence.

Je dois des dizaines d'intrigues romanesques à mon très cher ami, le regretté sir Arthur Bryant. Il riait chaque fois que je lui disais avoir plagié ses plus brillants écrits, en avouant qu'il en était enchanté. J'ai abondamment puisé dans *Les Années d'épreuves* (1773-1802), *Les Années victorieuses* (1802-1812), et dans *L'Âge de l'élégance* (1812-1822). Sir Arthur me dédicaça ainsi son dernier ouvrage, *L'Âme de l'Angleterre* :

« A Barbara, qui me comprend si bien, avec l'affectueuse admiration de l'auteur. »

A mon tour je dédie ce livre, intitulé *Quand vient l'amour*, à sir Arthur Bryant, l'un de nos plus grands historiens, dont les œuvres passionnantes, humaines et riches, vivront toujours dans les cœurs de ceux qu'anime l'amour de l'Angleterre.

# 1

## 1814

La voiture découverte s'engagea dans une rue animée. Au loin, on entendait le son d'une fanfare. Odella Wayne, assise sur le siège arrière, se pencha pour essayer de découvrir d'où venait la musique. En voyant la foule s'écarter pour livrer passage au cortège qui s'avançait, elle s'écria :

— Mais c'est un cirque !

Emily, sa femme de chambre, poussa une exclamation de joie.

— Ah, le cirque, ça me passionne, mademoiselle Odella !

Le cocher, un homme d'un certain âge qui conduisait le recteur depuis de nombreuses années, obligea son cheval à se ranger sur le côté.

— Vaut mieux attendre ici, mademoiselle Odella, lança-t-il par-dessus son épaule, jusqu'à ce qu'ils soient passés.

— Bonne idée, Thompson, répliqua la jeune fille. Ainsi nous ne perdrons rien du spectacle.

Elle s'aperçut alors que la jeune Emily, assise

en face d'elle, se tordait littéralement le cou pour essayer de voir ce qui se passait.

— Venez vous asseoir près de moi, Emily, dit-elle aimablement. D'ici vous verrez beaucoup mieux.

— Oh, merci, mademoiselle Odella ! J'adore le cirque depuis que j'étais petite, répondit Emily.

Ce qui fit sourire Odella car cela ne faisait pas si longtemps qu'Emily n'était plus une enfant.

En l'absence de son père, elle avait commandé la voiture dont il se servait d'ordinaire, pour aller faire quelques courses à Portsmouth. Elle avait proposé à la gouvernante, Mme Barnet, de les accompagner, mais la vieille dame avait décliné l'invitation :

— Je ne peux pas accepter, mademoiselle Odella, j'ai trop d'ouvrage sur les bras. Quand le maître est absent, c'est la seule chance que j'aie de nettoyer son bureau. Vous savez bien dans quel état il se met si on touche à ses livres quand il est là.

Odella sourit.

— Vous avez sûrement raison de saisir cette occasion. Papa est toujours furieux quand on déplace ses livres, surtout ceux qu'il utilise pour ses recherches.

Le recteur écrivait l'histoire de sa paroisse natale, le village de Nettleway, et avait constamment besoin de consulter de nombreux ouvrages de référence qui s'entassaient partout dans son bureau, sur les tables, sur les sièges, et même sur le plancher. On pouvait comprendre le désir de Mme Barnet de profiter d'un moment propice pour faire un peu de ménage.

— J'ai besoin de faire deux ou trois courses à

Portsmouth, dit Odella, et j'emmène Emily avec moi. Je sais que papa ne me laisserait pas y aller seule.

— Il ne manquerait plus que ça ! déclara Mme Barnet, comme si la jeune fille avait dit une énormité. Quant à votre mère — que son âme repose en paix — elle ne vous aurait jamais permis d'aller en ville sans être accompagnée.

Il était vrai que Portsmouth, ces derniers temps, n'avait plus rien à voir avec la ville d'autrefois, celle d'avant la guerre. La fortune des armes semblait avoir abandonné Napoléon, et chaque jour apportait des nouvelles encourageantes pour les armées de Wellington. Le moral des gens paraissait bien meilleur que l'année précédente. Tout au long du printemps et de l'été, les routes furent encombrées des troupes qui se rendaient à Portsmouth et à Plymouth. Les cavaliers de la garde nationale passaient dans le cliquetis des sabres, fiers de leur splendide accoutrement et montant d'excellents chevaux qu'on embarquerait avec eux sur les navires. On voyait aussi défiler les bataillons de réserve allant prêter main-forte à leurs régiments qui combattaient de longue date dans la guerre d'Espagne. Ils étaient suivis des détachements à pied de miliciens aux mines épanouies, menés par de jeunes officiers novices arborant des uniformes flambant neufs. Ils traversaient les villages au son des fifres et des tambours, et les petits garçons tout excités les suivaient en gambadant gaiement. Les mères de famille se précipitaient aux portes ou aux fenêtres pour les voir passer, tandis que les vieilles femmes se lamentaient sur le sort des « pauvres agneaux promis à l'abattoir ». Les anciens et ceux qui étaient revenus de la guerre estropiés grommelaient qu'ils ne savaient pas « ce qui les attendait là-bas ». Odella s'entretenait souvent avec son père du périple à travers la Baie* que connaîtraient les futurs combattants.

Elle se demandait comment les soldats réagiraient en découvrant pour la première fois les côtes roussâtres et désolées de la péninsule ibérique. Ceux qui rentraient au pays venaient conter leurs aventures au recteur, le seul qui parût les comprendre. Ils lui décrivaient avec un réalisme parfois excessif la puanteur de Lisbonne, et leurs souffrances durant la longue marche sur les sentiers de montagne, depuis les baraquements de Belem jusqu'à la frontière hispano-portugaise. Odella était émue jusqu'aux larmes par certains récits; d'autres, en revanche, étaient racontés avec humour. Tim Howland, le fils du médecin, un jeune homme plein de verve, rentré au pays avec une blessure légère, rapportait au recteur, qui le connaissait depuis toujours, les faits d'armes dont il avait été le témoin avec ses compagnons. Dévorés de vermine, les pieds en sang et couverts de poussière, ils avaient fini par rejoindre les vétérans en guenilles mais pleins d'allant, qui allaient devenir leurs camarades de combat.

— C'est alors que nous avons commencé notre éducation, raconta le jeune Tim.

* Le golfe de Gascogne.

Le recteur leva les sourcils d'un air interrogateur, et le garçon poursuivit :

— Un officier des fusiliers, le major O'Hara nous conduisit, le reste de la troupe et moi, jusqu'à un piton rocheux d'où nous pouvions observer l'ennemi dans la plaine. « Là-bas, ce sont les Français, aboya-t-il de sa grosse voix. Vous devez tuer ces gars-là, et non vous faire tuer par eux. Il faut apprendre à faire comme les vieux grognards, et vous mettre à couvert où vous pouvez. Conscrits, rappelez-vous que vous êtes ici pour tuer, pas pour vous faire massacrer. Gardez bien cela en mémoire : si vous ne tuez pas les Français, ce sont eux qui vous tueront. »

— Ce n'était pas très original, remarqua le recteur.

— Nous étions bien de cet avis, répliqua Tim, et pourtant nous allions vite nous apercevoir qu'il avait raison.

Après avoir entendu beaucoup de récits de ce genre, Odella prit l'habitude de prier à l'arrivée de chaque nouveau contingent. Les hommes qui défilaient derrière les fifres et les tambours prenaient visiblement plaisir aux encouragements de la foule. Ils étaient ravis lorsque des jeunes filles sortaient brusquement des rangs pour leur glisser une fleur dans la main ou leur donner un baiser. Odella se demandait alors combien d'entre eux reviendraient, et plaignait tous ceux dont la dernière demeure serait une tombe anonyme en terre étrangère.

En réalité, au début de sa grande offensive de mai 1813, Wellington avait sous ses ordres plus de cinquante mille soldats britanniques et près de trente mille Portugais. Neuf mois plus tard, en février 1814, il avait solidement pris pied au-delà des Pyrénées dans le sud-ouest de la France, et conquis l'amitié du peuple espagnol.

— Oh, mademoiselle, regardez donc ! s'écria Emily.

La musique s'amplifiait, et ne ressemblait guère au son des tambours et des fifres qu'elle avait entendu si souvent. Elle se pencha hors de la voiture pour mieux embrasser la rue du regard et comprit alors l'enthousiasme de sa suivante. La parade qui s'avançait à leur rencontre était très pittoresque. En tête venait un homme vêtu d'un habit rouge et coiffé d'un chapeau haut de forme, qui caracolait sur un superbe étalon noir. Il précédait quatre chevaux gris montés par de charmantes jeunes femmes dont les courtes jupes d'écuyères découvraient les jambes fuselées. On voyait briller sur leurs têtes des couronnes garnies de plumes s'agitant au gré du vent et ornées, semblait-il, de bijoux étincelants. Dans son enthousiasme, Emily abandonna son siège pour aller s'agenouiller sur la banquette de devant afin de mieux profiter du spectacle sans gêner sa maîtresse. Le cortège avançait toujours. Odella put voir que les musiciens étaient juchés sur un chariot tiré par deux chevaux bais et conduit par un homme vêtu d'une peau de tigre. Les cymbales s'entrechoquaient à grand fracas et les coups sourds de la grosse caisse faisaient la joie de la foule. Les costumes des musiciens sortaient tout droit de contes pour enfants, et plusieurs clowns marchaient derrière la fanfare en échangeant des plaisanteries avec le public. Ils agitaient des ballons sous le nez des tout-petits qui cherchaient vainement à les attraper. Il était impossible de garder son sérieux devant leurs visages enfarinés, leurs énormes bouches rouges et leurs curieux pantalons. Il leur suffisait de faire un geste ou de dire un mot pour déclencher aussitôt des tempêtes de rires chez les spectateurs.

Sur la plate-forme de l'un des chariots, tendue d'argent à la différence des autres recouvertes d'écarlate, se dressait un personnage extraordinaire : assise sur une sorte de trône, la femme était vêtue d'une robe chatoyante qui accrochait à tout instant les rayons du soleil, et qui habillait entièrement, non seulement son corps, mais aussi sa tête. Son visage était à moitié masqué par le *yachmak*, un voile de tulle rose ne laissant apercevoir que les yeux. Elle avait en main un jeu de cartes ainsi qu'une boule de cristal.

— C'est sûrement la voyante, mademoiselle Odella, fit Emily d'une voix entrecoupée par l'émotion. J'en ai entendu parler, de celle-là !

Odella fut d'avis qu'elle en avait effectivement tout à fait l'allure.

Au moment de passer devant elles l'homme en habit rouge leva le bras pour arrêter le cortège. Il tira sur les rênes de son cheval, les autres derrière lui en firent autant et les chariots s'immobilisèrent à leur tour.

— Mesdames et messieurs ! dit-il d'une voix de stentor qui imposa le silence à la foule et dont l'écho se répercuta entre les maisons. Amis de Portsmouth ! Il y aura une représentation à trois heures, suivie d'une autre à six heures ! Venez tous ! Venez admirer les performances de nos écuyères, venez rire avec les clowns, et n'oubliez pas de consulter madame Zosina, la voyante, qui vous dévoilera votre avenir plein de surprises étonnantes !

Il marqua une pause avant de reprendre d'un ton encore plus solennel :

— Afin de porter chance à tous les braves qui se battent pour nous contre Napoléon, madame Zosina accepte de prédire leur avenir à tous les militaires pour seulement la moitié du prix habituel !

Cette annonce provoqua de bruyants applaudissements. Madame Zosina se tourna d'un côté, puis de l'autre, pour confirmer la bonne nouvelle par un gracieux signe de tête.

— A trois heures, cria encore une fois le chef de piste. Et ne soyez pas en retard !

La fanfare attaqua un air entraînant et la cavalcade repartit sous les vivats de la foule massée aux fenêtres et sur les trottoirs. Des douzaines de petits garçons enthousiastes couraient dangereusement près des chevaux, risquant à tout moment de passer sous les roues des chariots.

En les voyant disparaître, Emily soupira.

— C'était merveilleux, mademoiselle Odella ! dit-elle. J'aimerais bien me faire dire la bonne aventure !

Elle regarda sa maîtresse d'un air suppliant. Odella aimait bien cette gamine de dix-sept printemps, qui n'avait après tout qu'un an de moins qu'elle, et elle répondit de bonne grâce :

— Si nous finissons nos courses assez tôt, nous pourrons peut-être aller au cirque.

Emily joignit les mains.

— Oh, mademoiselle Odella, c'est-y bien vrai ? C'est quelque chose que je me rappellerai toute ma vie !

— J'espère que vous aurez d'autres souvenirs que celui-là. Allons, nous ne sommes pas pressées de rentrer pour le thé puisque mon père est absent, nous irons donc au cirque ! Mais faisons d'abord nos emplettes.

Thompson, qui avait déjà mis la voiture en marche, tourna bientôt au coin de la rue. La jeune fille avait la liste des achats à faire pour le compte de Betsy la cuisinière et de Mme Barnet, qui réclamait des produits de nettoyage.

Après de longues années de service au presbytère, Betsy se plaignait toujours des commerçants du village. Elle leur reprochait de manquer de tout. C'était un vieux grief remâché des dizaines de fois, de sorte que la jeune fille avait emporté avec elle la liste détaillée de tout ce dont Betsy avait besoin. Bien que cela prît du temps, elles s'arrangèrent pour terminer leurs achats un peu avant trois heures. Tandis qu'elle passait ses commandes, la jeune fille voyait bien qu'Emily gardait les yeux fixés sur la pendule, inquiète à l'idée qu'elles ne trouveraient plus de places si elles arrivaient trop tard. Odella, elle, était persuadée que le cirque ne serait sans doute pas complet en matinée. Le soir, après la fermeture des boutiques, ce serait différent ; les gens se rendraient en foule au pré Lincoln et on risquerait alors de refuser du monde.

Quand la jeune fille ordonna enfin à Thompson de les y conduire, Emily bondit littéralement de joie.

— Et maintenant, Emily, que faisons-nous ? lui demanda Odella. Irons-nous d'abord sous le grand chapiteau voir les clowns, les chevaux et les singes, ou voulez-vous faire une visite à madame Zosina ?

Emily réfléchit avant de répondre, et comme elle n'était pas très vive, cela lui prit un certain temps.

— Je pense, mademoiselle Odella, que nous devrions d'abord aller voir madame Zosina. Elle n'aura pas beaucoup de clients au début de l'après-midi, ce qui fait qu'elle pourrait bien partir avant qu'on l'ait vue.

Odella se mit à rire, pensant qu'après tout ce n'était pas si mal raisonné.

— Très bien, dit-elle, va pour madame Zosina.

Un peu à l'écart des autres, elles trouvèrent facilement la tente de la voyante, qui se signalait par une grande banderole où le nom de Zosina s'étalait en lettres d'or sur fond écarlate. Deux palmiers plantés dans des bacs se dressaient de part et d'autre de l'entrée. Odella acheta les billets et les deux jeunes filles pénétrèrent sous la tente. Deux rangées de chaises étaient disposées à l'intention des visiteurs qui attendaient d'être admis dans le saint des saints. Madame Zosina opérait à l'abri des regards indiscrets derrière un rideau aux couleurs chatoyantes comme sa robe et le châle qui dissimulait sa chevelure. Visiblement, le décor était conçu pour enflammer l'imagination des âmes simples venues consulter la voyante. Deux matelots attendaient leur tour et un troisième sortit à l'instant même où Odella et Emily prenaient place. Il marcha droit sur ses camarades et dit à celui qui se levait précipitamment pour le remplacer de l'autre côté du rideau :

— Y a pas à dire, elle est merveilleuse ! Tu seras fier de me connaître avant que je sois beaucoup plus vieux, c'est moi qui te le dis !

L'homme à qui s'adressaient ces paroles disparut derrière le rideau étincelant. Son camarade se mit alors à rire.

— Si elle t'a dit que tu deviendrais amiral, eh bien, faut pas croire tout ce qu'elle raconte !

— Tu seras peut-être bien étonné, rétorqua le jeune homme.

Il se dirigea d'un air dégagé jusqu'à la portière de la tente et disparut dans le soleil qui pénétrait à flots par l'ouverture. Le dernier marin alla s'asseoir tout près du rideau. Craignant de se faire voler son tour par quelque intrus, Odella s'installa sur la chaise voisine, bientôt rejointe par Emily. Elles étaient à peine assises que trois jeunes filles entrèrent dans la tente et vinrent prendre place à côté d'elles.

— Va falloir qu'on attende, dit l'une d'elles.

— Ça vaut le coup de connaître l'avenir, répondit une autre. Je donnerais cher pour savoir si Bert a des intentions ou non. Il parle beaucoup, mais il dit jamais ce que j'ai envie d'entendre.

Odella sourit intérieurement en se disant qu'il n'était pas difficile de prédire l'avenir aux filles de village, ce qu'elle avait elle-même bien souvent fait. Dès sa plus tendre enfance, elle avait eu le don de lire dans les pensées des autres. Chaque été elle disait la bonne aventure lors de la vente de charité organisée par son père au profit de l'église, et recommençait parfois quand il fallait trouver de l'argent pour les œuvres au moment de Noël. Les gens du village admiraient ses dons de voyance et croyaient aveuglément toutes ses prédictions. Sa mère lui avait souvent prêché la prudence en lui recommandant de ne jamais faire naître de faux espoirs, et lui avait dit : « Ma chérie, je sais que tu "vois" quelquefois des choses inaccessibles au commun des mortels. C'est un don de Dieu mais il ne faut pas en abuser. Ne fais pas de promesses qui risquent de ne pas se réaliser, car ceux que tu décevrais pourraient en être très malheureux. »

Ayant parfaitement compris la leçon, Odella restait toujours très évasive et s'abstenait de susciter de vaines espérances, à moins d'être absolument certaine de son fait. C'était d'ailleurs devenu de plus en plus difficile avec les développements de la guerre. Chaque foyer comptait au moins un fils parti se battre en Espagne et, bien qu'elle ne l'eût jamais révélé à quiconque, elle avait déjà pressenti le destin tragique de plusieurs jeunes gens du village. Bien avant l'annonce officielle de leur mort au champ d'honneur, la jeune fille connaissait la date et les circonstances de leur décès. Et par deux fois, elle avait eu la certitude que l'homme porté disparu était toujours vivant. Ses prévisions s'étaient vérifiées lorsqu'ils étaient revenus, l'un gravement blessé, l'autre ayant perdu la vue.

Pour l'heure, elle s'intéressait fort à la manière dont madame Zosina traitait ses clients. Elle voulait surtout découvrir s'il s'agissait d'une voyante authentique ou d'une simulatrice. En règle générale les cirques qui se produisaient à Portsmouth ou à Gosport présentaient toujours un numéro de voyance, mais Odella avait entendu dire que la plupart étaient exécutés par des charlatans, qui profitaient sans scrupule de cette soif de connaître l'avenir qui est l'une des faiblesses de la nature humaine.

Le deuxième marin, qui semblait s'attarder chez madame Zosina, sortit enfin, la mine rayonnante.

— Tu peux y aller maintenant, Joe, dit-il à son camarade. Je t'attends dehors.

Il s'en alla, le sourire aux lèvres. Joe se glissa aussitôt sous le rideau chatoyant et Odella s'assit sur la chaise qu'il venait de quitter. De sa place elle entendait, faiblement mais distinctement, la conversation.

— Bonjour, matelot, fit une voix onctueuse.

— Bonjour, madame, répliqua le marin. Mes amis me disent comme ça que vous êtes très forte, et j'ai envie de savoir ce qui va m'arriver ces jours-ci.

— Je pense que vous allez partir pour l'étranger, dit madame Zosina d'une voix encore plus onctueuse. Bien entendu vous voulez aussi savoir ce qui se passera, une fois que vous serez arrivé à destination.

— Ça, c'est sûr ! confirma le marin.

Il y eut un silence. Odella supposa que madame Zosina scrutait la boule de cristal qui devait se trouver entre elle et son client. Elle ne se trompait pas, car au bout d'un moment la voyante reprit :

— Je vois que vous allez embarquer sur un grand vaisseau, et... partir pour la France.

Elle poursuivit, sans doute sur un signe d'acquiescement de Joe :

— Vous allez faire vos adieux à une charmante jeune fille.

— C'est exact, admit le matelot. Est-ce qu'elle me sera fidèle quand je serai au loin ?

— Elle le sera, sans l'ombre d'un doute, affirma Zosina, mais je pense que vous avez du chagrin de devoir bientôt la quitter.

Joe murmura quelques mots inintelligibles et la voix de madame Zosina s'éleva de nouveau :

— Vous aurez peu de temps pour lui témoigner votre amour, car vous partirez plus tôt que prévu.

Elle se tut quelques instants avant d'ajouter :

— Laissez-moi voir... est-ce dans trois jours, ou plutôt dans quatre ?

— Dans trois jours, dit Joe, qui était suspendu aux lèvres de la voyante.

— Alors vous devez lui dire que vous l'aimez dès ce soir, et tous les autres soirs jusqu'à votre départ. Et maintenant... laissez-moi interroger la boule de cristal... c'est un très grand vaisseau... si j'arrive à lire son nom, je vous ferai cadeau d'un talisman qui vous préservera de tous les dangers sur toutes les mers.

— Merci madame. Ça me plaît bien.

— C'est un porte-bonheur très, très efficace, dit encore Zosina, mais il me faut d'abord découvrir le nom de votre navire.

Après un nouveau silence Joe prit la parole.

— On nous a bien recommandé de dire à personne le nom de notre bateau.

— Je comprends cela, dit aussitôt Zosina. Mais

moi je le vois clairement dans ma boule de cristal. Attendez un instant, laissez-moi me concentrer...

Odella se dit qu'elle devait certainement fixer avec intensité le globe transparent. Au bout d'une minute elle dit :

— Je vois un L, ou n'est-ce pas plutôt un I ?

— Un I, dit aussitôt le marin.

— Et maintenant je vois une autre lettre, qui ressemble à un M.

— C'est un N, rectifia Joe.

— Si je ne me trompe, il s'agit de l'*Invincible*, hasarda madame Zosina.

— Vous avez raison, fit Joe, plein d'admiration. Vous êtes très forte !

— Parfait. Voici votre porte-bonheur. Pour le départ, vous avez bien dit mercredi prochain, ou n'est-ce pas plutôt jeudi ?

— Je crois que c'est mercredi dans la soirée, madame.

— Eh bien, je penserai à vous mercredi, pour être sûre qu'il ne vous arrivera rien de fâcheux.

— Merci, merci beaucoup, dit Joe.

— Je ferai aussi en sorte que votre fiancée pense à vous, ajouta madame Zosina. Elle ne doit pas vous oublier sous prétexte que vous êtes au loin.

— Je vous suis bien reconnaissant, bien reconnaissant, répéta Joe.

On entendit le frottement d'une chaise sur le plancher et Joe fit sa réapparition. A ce moment Odella s'aperçut qu'un homme en habit militaire se tenait debout près d'elle.

— Puis-je vous demander, dit-il, si vous me laisseriez consulter la diseuse de bonne aventure avant vous autres ? On nous a dit d'être de retour à la caserne pour quatre heures et j'ai peur d'être en retard.

— Mais oui, bien sûr, acquiesça la jeune fille. Je ne suis pas pressée.

— Merci à vous.

Le soldat disparut derrière le rideau. L'oreille aux aguets, Odella entendit madame Zosina l'interpeller de la même voix onctueuse qui avait circonvenu Joe quelques instants auparavant. Sans en avoir l'air, elle s'arrangea pour lui faire dire qu'il partait le surlendemain. Elle découvrit par le même procédé le nom de son navire et celui des régiments qui embarquaient avec le sien. La manipulation était si astucieuse qu'Odella n'en croyait pas ses oreilles. La voyante lui avait fait dire ce qu'elle voulait et le soldat n'y avait vu que du feu. La jeune fille pressentit avec effroi ce qui se passait et elle avait peine à croire que cela fût possible. Certes pendant toute la durée de la guerre elle avait entendu parler des espions qui s'infiltraient en Angleterre avec les contrebandiers. On avait corrompu des hommes et des femmes afin de les amener à trahir des secrets utiles aux desseins de Napoléon. Son père lui avait maintes fois répété qu'il pouvait être dangereux de converser avec des étrangers, même sur des sujets en apparence innocents.

« C'est parce que nous vivons près de Portsmouth, que nous devons prendre plus de précautions que les autres. Une parole imprudente pourrait avertir l'ennemi qu'un navire est en partance. Il n'aurait plus qu'à l'attaquer dès qu'il serait en pleine mer. »

Odella n'avait cependant jamais cru sérieusement que des hommes qui avaient juré le secret pussent être assez naïfs pour se laisser abuser par des femmes comme madame Zosina. Et pourtant leur inconséquence se traduisait par la perte de nombreuses vies humaines, sans parler des navires coulés par l'ennemi.

Elle entendit madame Zosina remettre au soldat son porte-bonheur et lui promettre la vie sauve en vertu de ses pouvoirs magiques. La jeune fille avait envie de crier que cette femme était une dangereuse espionne, mais elle se rendit compte qu'elle ferait mieux pour le moment de garder le silence. Il était tout à fait certain que madame Zosina disparaîtrait dès qu'elle aurait vent des soupçons qui pesaient sur elle, ou alors qu'elle tenterait d'éliminer son dénonciateur.

Quand le soldat retraversa le rideau, Odella dit à Emily de passer la première.

— Oh non, mademoiselle Odella, c'est votre tour ! insista la soubrette.

— J'ai la migraine, dit la jeune fille. Allez-y d'abord, et si je ne me sens pas mieux tout à l'heure, je pourrai toujours revenir une autre fois.

— Je suis vraiment désolée, mademoiselle Odella, dit Emily, qui, néanmoins, passa prestement devant elle pour entrer chez madame Zosina.

En écoutant l'entretien, Odella put constater qu'il différait totalement de ceux qu'elle avait surpris précédemment. Emily apprit qu'un grand et beau jeune homme s'éprendrait d'elle avant la fin de l'année. En revanche, elle devait éviter à tout prix la fréquentation d'un autre homme plutôt déplaisant et capable de lui causer des ennuis.

— Un message qui vous fera grand plaisir vous parviendra bientôt de l'étranger, poursuivit madame Zosina.

— Ce sera sûrement de mon frère, dit tout de suite Emily.

— Je pense que vous le reverrez plus tôt que vous ne croyez, conclut la voyante.

— Eh ben, voilà de bonnes nouvelles, de très bonnes nouvelles, pour sûr, répliqua Emily, qui rayonnait de bonheur en quittant le réduit de Zosina.

Mais à sa grande surprise sa maîtresse la poussa vivement hors de la tente, et elles se retrouvèrent en plein soleil.

— Je dois rentrer, dit Odella.

— Est-ce que votre tête vous fait mal, mademoiselle ? s'enquit Emily. Peut-être bien que madame Zosina pourrait vous soulager. C'est une vraie magicienne, celle-là !

— J'en suis persuadée, dit la jeune fille sans se compromettre.

Elles coupèrent à travers la prairie en direction de l'endroit où Thompson avait garé la voiture à l'ombre d'un bouquet d'arbres. Une idée traversa soudain l'esprit d'Odella.

— Je dois voir le lord lieutenant du comté de Portsmouth, dit-elle. Nous nous arrêterons chez lui sur le chemin du retour.

— Très bien, mademoiselle Odella, répliqua Thompson, mais ça nous fait un détour d'un bon mille.

— Nous ne sommes pas pressés et je suis sûre

que Sa Seigneurie ne me retiendra pas longtemps.

Thompson prit soin de rouler lentement sur le sol inégal jusqu'à ce qu'ils eussent atteint la route empierrée. Une foule assez dense se dirigeait vers le grand chapiteau.

— Oh, mademoiselle Odella, nous allons rater le cirque ! gémit Emily.

— Peut-être aurons-nous l'occasion de revenir d'ici la fin de la semaine, dit la jeune fille. Je regrette, Emily, mais pour le moment je n'ai pas envie d'étouffer sous une tente surchauffée.

— Je comprends bien, mademoiselle, mais je voulais tellement voir les clowns !

— Nous essaierons de revenir demain, ou après-demain, promit Odella. Après tout, vous avez vu madame Zosina.

— Celle-là, c'est une magicienne ! dit Emily. Y a pas d'autre mot, mademoiselle, une vraie magicienne.

La jeune fille ne répondit pas. Elle pensait que cette magicienne-là était dangereuse, très dangereuse, même. Il était temps de s'en occuper. Et le plus tôt serait le mieux.

## 2

Le marquis de Midhurst conduisait lui-même son attelage dans Piccadilly, parfaitement conscient de l'effet produit sur les passants par ses chevaux. Il était particulièrement fier des deux magnifiques alezans qu'il avait achetés deux semaines plus tôt chez Tattersall. Il avait commencé par s'étonner que des bêtes aussi splendides fussent à vendre, mais avait compris en apprenant que leur propriétaire venait de mourir. Les chevaux venaient du Nord et les amateurs furent nombreux au début des enchères. Le marquis finit par se retrouver l'heureux adjudicataire de deux superbes animaux, parfaitement dressés de surcroît. Attelés à son nouveau phaéton jaune aux roues noires, ils offraient aux connaisseurs un spectacle remarquable.

Il tourna dans St. James's Street, espérant que quelques-uns de ses amis le regarderaient passer sous les fenêtres du White's Club. Après son entrevue avec le Premier ministre il comptait bien revenir au club afin d'entendre commenter sa dernière acquisition. Depuis qu'il avait hérité de son père le titre et l'immense fortune des Midhurst, son plus grand plaisir était d'acheter des chevaux capables de battre les meilleurs sur tous les champs de courses. Inutile de préciser qu'il était lui-même excellent cavalier et qu'il avait déjà gagné plus d'un steeple-chase.

Mais il y avait un revers à la médaille.

A la mort de son père, il avait dû quitter l'armée, ce qui avait quelque peu assombri sa joie de prendre possession d'un héritage considérable. Au service de l'armée de Wellington en Espagne, il avait dû rentrer en Angleterre à la suite d'une blessure. Alors qu'il atteignait Portsmouth, après avoir échappé aux vaisseaux de Napoléon qui cherchaient à couler tous les navires rencontrés dans le golfe de Gascogne, il avait appris le décès de son père, le troisième marquis de Midhurst, et avait été prié de ne pas rejoindre son régiment. Les officiers supérieurs du ministère de la Guerre et le prince-régent lui-même lui avaient expliqué que si par malheur un aristocrate de son rang tombait aux mains de l'ennemi, ce serait un triomphe pour Napoléon, qui ne manquerait pas de profiter d'un tel avantage psychologique. Le marquis en avait été fortement dépité car il aimait le métier de soldat, adorait ses hommes, et sa bravoure sur le champ de bataille lui avait valu deux décorations. Il avait dû toutefois se rendre aux raisons des officiers supérieurs et du prince régent et, malgré sa rancœur, avait fini par se plier à la loi du plus fort.

« Peut-être puis-je me rendre utile à mon pays de quelque autre façon », se dit-il. On ne lui avait jusqu'alors rien demandé, de sorte qu'il n'avait songé qu'à s'amuser, ce qui n'était pas difficile, car il était très beau garçon, extrêmement riche et portait un des plus grands noms d'Angleterre. Il n'y avait pas dans Londres une femme qui ne rêvât de s'attirer ses hommages. Elles rivalisaient d'efforts pour retenir son attention, ce qui fit dire un jour à un ami du marquis :

« L'ennui avec vous, Midhurst, c'est que la fièvre monte dès que vous entrez dans un salon. Après cela comment voulez-vous que les tocards de notre espèce aient une chance de se placer ? »

Le marquis se mit à rire, conscient toutefois qu'il n'avait que l'embarras du choix. Il eût fallu être bien insensible pour ne pas succomber au charme des jolies femmes qui battaient des cils à son approche. En ce moment même, il avait l'esprit fort occupé par une des plus belles femmes qu'il eût jamais vues. Lady Georgina Langford était une superbe créature âgée de vingt-sept ans, la coqueluche de tout St. James's Street depuis plusieurs années. On l'avait surnommée fort justement « la tigresse » et elle ne paraissait pas du tout disposée à cesser de jouer les premiers rôles. Malgré son expérience, le marquis n'avait jamais rencontré de femme plus passionnée, ni plus insatiable. A l'âge de dix-huit ans, lady Georgina s'était enfuie de la maison paternelle en compagnie de Walter Langford, essentiellement doté d'un physique assez avantageux. Dans tous les clubs il avait la réputation d'un joueur impénitent. Il avait poursuivi de ses avances un grand nombre de femmes avant de persuader la fille du duc de Cumberland de s'enfuir avec lui.

Le duc était alors entré dans une grande colère,

mais lady Georgina s'était mariée dans la chapelle de Mayfair. Le pasteur ne posa pas de questions aux fiancés dépourvus des papiers nécessaires. La célébration du mariage était cependant tout à fait légale ; le duc dut s'incliner et Walter fut enchanté de devenir son gendre. Sa Grâce tenait cependant bien serrés les cordons de sa bourse, de sorte que Langford ne faisait guère de difficultés quand sa femme acceptait les coûteux présents de ses admirateurs. Ses moyens personnels ne lui auraient pas permis de lui offrir les bijoux, les fourrures et autres babioles dont elle se laissait volontiers combler. A la surprise générale le ménage paraissait heureux et sans histoires. Jamais de scènes ni de reproches lorsque lady Georgina s'exhibait en compagnie de sa dernière conquête. Ils n'avaient heureusement pas d'enfants. Les Langford menaient un train sans rapport avec les revenus que la chance au jeu pouvait assurer à Walter. Du point de vue du marquis, tout allait pour le mieux tant que Georgina se rendait disponible à son gré sans que Walter en conçût la moindre jalousie.

Au moment où il dépassait St. James's Palace, il se rappela qu'il dînait avec elle ce soir-là. Il avait l'intention de lui faire cadeau d'un bracelet aperçu le jour même dans Bond Street. Ce bijou conviendrait à merveille à la blancheur de ses mains aux longs doigts fuselés et il sourit en pensant à la manière dont elle lui témoignerait sa reconnaissance. Il savait déjà que Walter était allé aux courses à Newmarket et ne rentrerait pas chez lui ce soir-là.

Tandis qu'il faisait tourner son attelage dans

Pall Mall, le marquis oublia momentanément Georgina pour se demander pourquoi le Premier ministre voulait le voir. Il avait déjà rencontré en plusieurs occasions le deuxième comte de Liverpool et celui-ci ne lui avait pas fait grande impression. Né Robert Jenkinson, il n'avait joué que des rôles secondaires dans la plupart des gouvernements dont il avait fait partie depuis le début de sa carrière. De plus, sa manière de conduire la guerre n'avait vraiment rien de remarquable. Le marquis, comme beaucoup d'autres, regrettait William Pitt, hélas mort en 1806.

Le marquis prit le chemin de Downing Street en passant entre les Horse-guards alignés en ordre de parade. Il songeait que si le Premier ministre œuvrait de son mieux aux affaires du pays, ce qui ne faisait pas de doute, il n'avait pas la classe de ses prédécesseurs, qui avaient en leur temps fait impression sur le public et sur les ennemis de l'Angleterre.

Dans un mouvement plein d'élégance il arrêta ses chevaux devant le numéro 10 de la rue et tendit les guides à son valet. Il pénétra dans le bâtiment, s'interrogeant toujours sur les motifs de sa convocation. On lui dit que le Premier ministre l'attendait au salon. Tandis qu'on l'y conduisait, le marquis se demandait si un homme avait dû jamais affronter de plus grands problèmes politiques que ceux qui se posaient en ce moment-même au Premier ministre de l'Angleterre.

La guerre s'était prolongée d'année en année et maintenant seulement, une faible lueur d'espoir permettait d'en entrevoir la fin. Il faudrait un homme diablement fort pour conduire une politique qui, après avoir gagné la guerre, saurait assurer le maintien de la paix.

— Le très honorable marquis de Midhurst ! annonça en s'effaçant devant lui le serviteur qui avait escorté le marquis depuis l'entrée.

En entrant, ce dernier vit que le Premier ministre n'était pas seul dans la pièce. Le vicomte Castlereagh, secrétaire d'État à la Guerre était à ses côtés. C'était un vieil ami du marquis. Après avoir serré la main du Premier ministre, il secoua vigoureusement celle du vicomte en disant :

— C'est un grand plaisir de vous revoir, Castlereagh.

— Je me réjouis aussi de vous rencontrer, répliqua le vicomte. Votre blessure est-elle complètement guérie ?

— Je boitille encore un peu, ce qui me rend absolument furieux. Mais enfin grâce à Dieu, je monte à cheval et j'ai toujours mes deux jambes.

Le Premier ministre et le vicomte se mirent à rire. Ils s'installèrent ensuite tous les trois dans de confortables fauteuils disposés près du feu.

— J'ai un message pour vous de la part de Wellington, qui par ailleurs s'inquiète de votre santé dans ses dépêches, remarqua le vicomte. Il m'a également chargé de vous dire que vous lui manquiez.

— Il me manque aussi, répliqua le marquis. Vous savez que je ne désire rien d'autre que de repartir à la tête de mon régiment.

— Ah, nous n'allons pas recommencer ! intervint brusquement le Premier ministre. Marquis, je vous ai prié de venir car nous avons une situation particulièrement délicate dans votre comté.

Le marquis leva les sourcils.

— Dans le Hampshire ?

— Exactement ! répliqua le Premier ministre, et nous pensons que vous êtes à même de vous en occuper.

La curiosité du marquis fut excitée au plus haut point mais il n'eut pas le temps de formuler la question qui lui montait aux lèvres.

— Vous vous demandez peut-être pourquoi nous n'avons pas pris contact avec le lord lieutenant ? dit le Premier ministre. Pour la simple raison que le lord lieutenant du comté de Portsmouth est un vieil homme qui veut prendre sa retraite à la fin de l'année.

— Cette nouvelle ne me surprend pas, dit le marquis.

— Et bien entendu, poursuivit le Premier ministre, c'est vous qui prendrez sa place.

Le marquis, qui était déjà parvenu à cette conclusion, se contenta de faire un signe de tête affirmatif.

— Venons-en maintenant à la raison de votre présence ici, dit le vicomte. Le fait est que nous sommes terriblement soucieux du sort des navires quittant la rade de Portsmouth.

Le marquis parut étonné.

— Je sais qu'ils sont nombreux ces temps-ci, naturellement.

— Les troupes que nous envoyons à Wellington sont réparties entre Portsmouth et Plymouth, interrompit le vicomte Castlereagh, mais les pertes au départ de Portsmouth nous préoccupent.

— Les pertes ? interrogea le marquis.

— Comme vous le savez, les navires ne prennent la mer que de nuit, continua le vicomte. Les troupes montent à bord au crépuscule et les capitaines attendent que l'obscurité soit complète pour gagner le large.

Le marquis savait tout cela et se contenta d'incliner la tête.

— Bien avant l'embarquement, poursuivit le vicomte, tous les hommes reçoivent l'ordre de ne divulguer à personne le jour et l'heure de leur départ.

Le marquis ne l'ignorait pas et ne dit rien. Le Premier ministre reprit alors la parole :

— Ce que Castlereagh essaie de vous faire comprendre, c'est que pendant tout le mois dernier des vaisseaux français ont attaqué les navires quittant Portsmouth, comme s'ils savaient à quel moment lancer leur assaut.

Le marquis eut le souffle coupé.

— Prétendez-vous qu'il se trouve à Portsmouth des espions capables d'extorquer à nos soldats des renseignements permettant à la flotte française d'attaquer à coup sûr nos transports de troupes ?

— C'est bien ce que je veux dire, confirma le Premier ministre, encore que cela paraisse pratiquement impossible.

— Je suppose qu'en temps de guerre rien n'est impossible ! observa le marquis. Mais je n'arrive pas à comprendre comment des informations résultant de quelques paroles imprudentes parviennent si efficacement à la flotte française, ou plutôt à ce qu'il en reste !

Il prononça ces derniers mots d'un ton méprisant, mais le vicomte Castlereagh dit aussitôt :

— Ce serait une erreur de sous-estimer leurs services de renseignements, surtout quand ils fournissent aux Français l'occasion d'anéantir, avant même qu'ils puissent engager le combat, les renforts dont Wellington a tant besoin.

— Je suis d'accord avec vous, répliqua le marquis, mais quelle est la conduite à tenir ?

— C'est exactement pour cela que nous vous avons fait venir ici, dit le Premier ministre. Portsmouth fait partie de votre comté. De plus, s'il existe un homme capable de résoudre ce problème, c'est bien vous !

— Vous me flattez, répondit le marquis.

Il n'oubliait pas cependant, qu'à deux reprises, sa perspicacité lui avait permis de prévoir les mouvements de l'ennemi et de transformer ainsi la défaite en victoire.

— Wellington m'a fait savoir, dit le vicomte Castlereagh, qu'avant votre blessure, c'est vous qui lui aviez conseillé de faire tout ce qu'il faudrait pour amadouer les populations civiles dès qu'il aurait franchi les Pyrénées et pénétré en territoire français.

Le marquis s'abstint de confirmer le fait. Il avait en effet calculé que pour garder leur supériorité numérique sur le champ de bataille, les Anglais ne pouvaient se permettre de laisser d'importantes garnisons derrière eux. Lorsqu'au milieu de l'hiver ses armées furent immobilisées par les pluies, Wellington se souvint fort à propos des conseils du marquis et s'efforça de les mettre en pratique.

Il était aidé en cela par le fait que les troupes françaises, après avoir pendant vingt ans violé, incendié, et pillé dans tous les pays d'Europe où elles étaient passées, s'étaient conduites de même dans leur propre patrie. La plupart des Espagnols furent donc renvoyés chez eux, car, ainsi que Wellington le dit à leur chef, il n'avait pas sacrifié des milliers d'hommes pour permettre aux survivants de détrousser les Français en toute impunité. Mais le gibier de potence abondait aussi dans l'armée anglaise, et Wellington prit les mesures nécessaires avec le froid réalisme qui le caractérisait. Il fit surveiller les colonnes en marche par un fort contingent de policiers militaires avec ordre de pendre tous les pillards pris sur le fait, et après quelques exécutions exemplaires tout rentra dans l'ordre. Cette façon de faire la guerre étonna les Français qui souvent n'en croyaient pas leurs yeux. Un aubergiste vétéran des campagnes d'Italie demeura sans voix lorsque le général Barnard, de la brigade légère, insista pour payer la note de son dîner. Le Premier ministre et le vicomte Castlereagh savaient tous deux qu'une telle politique valait largement une douzaine de victoires. C'était une armée de gentlemen qui présentait ses billets de logement aux Français du Sud-Ouest. Le commandant en chef des armées britanniques invitait même à dîner les maires des villes qu'il traversait, ce qu'aucun général français révolutionnaire n'avait jamais fait.

Le résultat ne s'était pas fait attendre.

Ceux qui avaient commencé par fuir l'invasion regagnaient leurs foyers, car on disait que les Britanniques ne combattaient que des soldats en armes. De plus ils payaient toutes leurs dépenses rubis sur l'ongle, de sorte qu'au bout de peu de temps dindons et poulets se vendaient un bon prix. L'intendance qui s'attendait à gérer la pénurie était au contraire assiégée d'offres de toutes sortes pour du bétail, de la volaille et du grain.

Le vicomte dit à ce moment, comme s'il lisait dans les pensées du marquis :

— La dernière dépêche que j'ai reçue m'apprend que les banques françaises ont offert aux Britanniques de larges facilités de caisse, au comptant ou à terme.

Le Premier ministre se mit à rire.

— Je vais vous dire autre chose. Un officier anglais vient de nous écrire de là-bas :

« Si la guerre en territoire ennemi ressemble toujours à cela, je ne désire nullement faire campagne en pays ami. »

Tous trois éclatèrent de rire, puis le Premier ministre reprit la parole :

— Sérieusement, Midhurst, puisque vous avez été assez avisé pour donner ce sage conseil à Wellington, j'espère que vous serez capable de trouver le moyen d'épargner la vie des hommes que nous lui expédions, afin qu'ils aient au moins une chance de tirer un coup de fusil.

— Pouvez-vous me dire combien de navires ont été attaqués jusqu'ici ? demanda le marquis.

— Quatre, répondit lord Castlereagh. Le premier a coulé à pic et il n'y a pas eu de survivants. Les trois autres s'attendaient à une attaque et ont réussi à échapper à l'ennemi, mais avec de lourdes pertes.

Il poussa un soupir avant de continuer :

— Comme vous pouvez l'imaginer, à Portsmouth tous les responsables sont extrêmement soucieux. Ils se demandent bien comment les renseignements parviennent en France si rapidement.

— Les contrebandiers ne mettent pas longtemps à traverser le Pas de Calais, suggéra le Premier ministre.

— Je suppose que ce vil commerce est toujours florissant ! observa le marquis d'une voix sarcastique.

Le Premier ministe eut un geste d'impuissance.

— Que faire ? demanda-t-il. Les gros comme les petits opèrent nuitamment tout le long de la côte sud. Nous avons renforcé l'effectif des gardes-côtes, nous leur avons fourni des bateaux plus rapides, et nos équipes de renseignements essayent de localiser les ports d'où partent les marchandises.

— Et quel est le résultat ? demanda le marquis.

— Je dirais que nous en attrapons un sur vingt à peu près, répondit le Premier ministre d'un air sombre.

— Comme vous le savez sûrement, ajouta le vicomte, ils payent en or les produits qu'ils rapportent en Angleterre, ce qui permet à Napoléon de se procurer les meilleurs fusils et toutes les armes dont ils se sert pour décimer nos troupes.

— J'ai entendu dire aussi, dit le marquis d'une voix calme, que les contrebandiers introduisaient en Angleterre des espions et même des assassins. Aussi pour l'amour du ciel, renforcez la garde autour de Son Altesse Royale. L'annonce de sa mort serait moralement un triomphe pour Bonaparte.

Les deux hommes le dévisagèrent d'un air abasourdi.

— Comment avez-vous appris cela ? demanda le Premier ministre.

— Je tiens mes renseignements de bonne source, et je vous adjure de prendre garde.

Le Premier ministre soupira.

— Il y a déjà eu deux tentatives qui ont pu être étouffées. Mais naturellement nous faisons très attention.

— C'est précisément à l'heure où la chance semble tourner en notre faveur qu'il faut redoubler de vigilance, dit le marquis. Un désastre de cette nature porterait un coup terrible au moral de nos troupes au moment même où elles prennent pied en France.

— Je vous garantis, Midhurst, que nous faisons de notre mieux, dit le Premier ministre. Mais, nous l'avons déjà dit, les fraudeurs s'infiltrent partout et nous ne pouvons pas toujours savoir ce qu'ils transportent en plus du cognac et Dieu sait quelles autres marchandises de contrebande.

Le marquis trouva qu'il manquait de fermeté. L'augmentation du trafic illégal était un véritable scandale, à son avis, mais il garda ses réflexions pour lui, et se contenta de dire au Premier ministre :

— Vous m'avez soumis un problème très ardu, mais je ferai de mon mieux pour le résoudre. Pour le moment, je ne vois vraiment pas comment les renseignements concernant les mouvements de nos navires, même s'ils sont transmis par des hommes d'équipage, peuvent atteindre la France en moins de temps qu'il n'en faudrait aux contrebandiers.

— C'est pourtant la réalité, dit le vicomte. Jusqu'ici, que je sache, vous n'avez jamais échoué dans vos entreprises.

— J'espère ne pas vous faire mentir. Mais il suffit d'une fois, comme on dit.

— Plaise à Dieu que ce ne soit pas cette fois-ci, conclut le Premier ministre.

Ils bavardèrent encore quelques instants en évoquant les bonnes nouvelles reçues du champ de bataille, puis le marquis prit congé. Il partit en se disant que, jamais encore, il ne s'était vu confier mission aussi délicate. Il devait y avoir une solution et il fallait absolument qu'il la trouve. Mais comment faire ? Et par où commencer ?

La réponse à la dernière question était facile. Son premier devoir était de partir sans perdre une minute pour sa maison du Hampshire. Il lui fallait donc aller s'excuser auprès de lady Georgina de lui faire faux bond pour le dîner. Il arriva dans Piccadilly et remonta Berkeley Street jusqu'à Berkeley Square. Lady Georgina et son mari habitaient une petite maison de Burton Street, si petite que les habitations voisines lui faisaient de l'ombre. Le marquis se dit que le loyer ne devait pas être bien cher et que, malgré tout, c'était une bonne adresse puisqu'ils étaient dans Mayfair. Il arrêta son attelage devant la porte d'entrée, tira sa montre en or de son gousset et vit qu'il était midi. Il était fort possible que lady Georgina se fût absentée pour le déjeuner, auquel cas il suffirait de laisser un message, ce qui le dispenserait d'avoir à fournir des explications détaillées. Il ordonna à son valet de descendre et d'aller tirer la sonnette. Un vieux domestique informa le marquis que Sa Seigneurie n'était pas encore descendue. Il laissa les guides aux mains du valet pour pénétrer dans la maison. C'était bien sûr un familier des lieux de sorte que le vieux maître d'hôtel le salua obséquieusement en reconnaissance des généreux pourboires distribués en mainte occasion.

— C'est un plaisir de voir monsieur le marquis, mais Sa Seigneurie ne vous attendait pas.

— Je le sais, répliqua le marquis, mais veuillez lui demander de me recevoir tout de suite pour une affaire très urgente.

Il pénétra dans le petit salon qui jouxtait le vestibule. Le vieux serviteur se hâta vers l'étage aussi vite que le lui permettaient ses rhumatismes. Le marquis marcha jusqu'à la fenêtre et s'absorba dans la contemplation du petit jardin qui s'étendait derrière la maison, bordé par les demeures du voisinage. Il ne voyait cependant ni le gazon d'un vert tendre ni les bordures fleuries, car il pensait aux vaisseaux britanniques naviguant dans la nuit tous feux éteints pour tomber sous le tir d'un ennemi parfaitement au courant de leurs manœuvres. Il était si profondément plongé dans ses pensées qu'il sursauta en entendant la voix de lady Georgina s'élever derrière lui :

— C'est donc bien vous ! Je ne m'attendais pas à une visite aussi matinale !

— Je sais, mais il fallait que je vous voie.

Fermant la porte, elle se dirigea vers lui, le

visage illuminé par le soleil de midi. Il la trouvait étrangement belle, avec sa chevelure presque noire aux reflets bleutés par la lumière du jour et ses yeux d'un bleu sombre comme celui de la Méditerranée. Elle lui avait dit un jour qu'elle tenait ces yeux-là de sa mère irlandaise, pour ajouter dans un éclat de rire : « Ils ont coutume de dire que leurs yeux bleus ont été mis en place par des mains crasseuses. »

Les siens étaient en effet bordés de longs cils noirs dont elle usait de façon aussi provocante qu'irrésistible.

Lorsqu'elle fut tout près, le marquis tendit les bras pour l'attirer contre lui. Elle leva son visage tandis qu'il baisait passionnément ses lèvres en feu. Leurs corps se fondirent étroitement. C'est seulement lorsqu'il releva enfin la tête qu'elle le questionna :

— Que se passe-t-il ? Que faites-vous ici à cette heure ?

— Je dois partir pour la campagne, de sorte que nous ne pouvons pas dîner ensemble ce soir.

— Oh, Michael chéri, comment osez-vous m'abandonner alors qu'en l'absence de Walter nous avions toute la nuit devant nous ?

— Je le sais bien, soupira le marquis. Malheureusement, il faut absolument que je rentre chez moi. Un événement nouveau nécessite ma présence et cela ne peut attendre demain.

— Vous en êtes bien sûr ? insista lady Georgina d'une voix câline.

Elle lui mit les bras autour du cou et leurs lèvres se cherchèrent. Elle plaidait sa cause d'une manière qui se passait parfaitement de discours.

Lorsqu'ils furent tous deux hors d'haleine, le marquis dut faire un effort surhumain pour l'écarter de lui.

— Pardonnez-moi, Georgina, dit-il d'une voix grave, mais je dois m'en aller. Je n'en aurai pas pour longtemps.

— Laissez-moi vous accompagner, suggéra lady Georgina.

Elle ne le quittait pas des yeux. Sous le regard de braise de la jeune femme, plus question d'oublier ce qualificatif de « tigresse » qui lui allait si bien. Elle usait de toute sa séduction pour essayer de le retenir, du souffle haletant qui soulevait sa poitrine, des mouvements onduleux de son corps contre le sien, et des lèvres gonflées qui cherchaient ses baisers. Il la contempla quelques instants avant de dire :

— Je suis désolé, ma chère, mais le devoir m'appelle.

— Le devoir ? Envers qui ? demanda-t-elle d'une voix tranchante.

— Envers moi-même.

Il reprit après avoir déposé un léger baiser sur son front :

— J'avais l'intention d'acheter avant ce soir un bracelet que j'ai vu dans Bond Street et qui vous plaira, j'en suis sûr. Vous l'aurez dès mon retour avec les boucles d'oreilles assorties.

— Oh, Michael, vous êtes toujours si généreux ! J'adore les cadeaux que vous me faites, mais c'est vous que je veux.

— Comme je vous veux moi-même. Maintenant il faut que je parte.

Il s'écarta d'elle et se dirigea vers la porte. Elle

courut après lui, le rattrapa et dit en attirant son visage vers le sien :

— Je vous aime, ne l'oubliez pas pendant que vous faites votre devoir. Ce doit être très ennuyeux !

— Je reviendrai aussi vite que possible, assura le marquis.

Il se dégagea de nouveau pour ouvrir la porte malgré la résistance de la jeune femme.

— Prenez soin de vous, fit-il avec un sourire, et il s'en alla.

C'est seulement lorsqu'elle entendit décroître le bruit de ses pas et sa voix lancer un ordre à l'un des serviteurs que lady Georgina comprit que sa tentative avait échoué. Elle frappa le sol du pied avec colère. Comment pouvait-on préférer le devoir à sa jolie personne ?

Puis elle se souvint des boucles d'oreilles et du bracelet promis par le marquis. S'il s'absentait trop longtemps, il n'aurait plus qu'à lui offrir le collier assorti ; elle savait qu'elle le porterait à merveille autour de son cou blanc et allongé. Finalement, elle alla se contempler dans le miroir qui se trouvait au-dessus de la cheminée, et imagina comment ces ornements mettraient en valeur sa beauté.

## 3

Le lord lieutenant habitait une vieille maison maintes fois agrandie au cours des siècles. Elle était entourée d'un grand jardin situé au milieu d'un parc planté de chênes centenaires.

Odella connaissait bien les lieux car son père était ami du comte, et celui-ci l'avait souvent invitée chez lui à venir jouer avec ses petits-enfants. Tandis que la voiture remontait l'allée principale elle était de plus en plus convaincue que le lord lieutenant serait de bon conseil. Il saurait sûrement ce qu'il convenait de faire et à qui la jeune fille devrait rapporter les faits. Elle ne voulait cependant pas abuser de son temps car il était vieux et en mauvaise santé, mais elle ne voyait guère à qui d'autre s'adresser en un tel moment.

Chaque fibre de son être lui disait que la moindre minute comptait. Fuir ses responsabilités ou même prendre le moindre retard dans la transmission des renseignements qu'elle détenait suffirait à provoquer des morts supplémentaires.

Thompson ralentit devant la porte d'entrée. Odella bondit à terre sans attendre et gravit les marches en courant. La porte s'ouvrit pour laisser apparaître le vieux maître d'hôtel qu'elle connaissait depuis l'enfance.

— Eh bien, mais c'est mademoiselle Odella ! s'écria-t-il tout surpris.

— Oui, Hodgson, c'est moi. Il faut que je parle à Sa Seigneurie tout de suite !

— Il y a quelqu'un chez le Maître à cette heure, expliqua Hodgson.

— Je n'oserais jamais le déranger si ce n'était très important, insista la jeune fille.

— Il vaut mieux que vous alliez au petit salon, mademoiselle Odella, dit le maître d'hôtel après quelque hésitation. Je vais voir ce que je peux faire.

— Merci, fit Odella, soulagée. Encore une fois je vous assure que je ne dérangerai pas Sa Seigneurie si l'affaire n'était très urgente.

Sans même laisser à Hodgson le temps de lui ouvrir la porte, elle entra dans le petit salon dont les fenêtres donnaient sur le parc devant la maison. C'était une pièce sombre et en assez mauvais état. Elle se dit que le fils aîné du comte aurait du pain sur la planche lorsqu'il hériterait de son père. Trop agitée pour rester sagement assise, elle alla jusqu'à la fenêtre et jeta un coup d'œil distrait sur les rayons du soleil qui traversaient les frondaisons des grands arbres.

« Comment se trouve-t-il en Angleterre, se demanda-t-elle, des gens capables de trahir les hommes qui combattent pour la liberté ? »

Elle gardait en mémoire les prières ferventes de son père pour la victoire des armées de Wellington. Les nouvelles du front étaient meilleures depuis quelque temps et elle avait d'autant plus de peine à croire que des hommes allaient périr en mer au lieu de combattre glorieusement.

— Il faut absolument faire quelque chose ! murmura la jeune fille.

Elle crut, lorsque la porte se rouvrit, que le maître d'hôtel revenait lui dire que le comte allait la recevoir, mais à sa grande surprise, le comte en personne entra dans la pièce, s'appuyant lourdement sur une canne. Il avait visiblement de la peine à marcher. Odella se précipita au-devant de lui.

— Hodgson me dit que vous voulez me voir d'urgence, mon enfant.

— Il fallait que je vous parle, dit-elle. Je sais que vous êtes occupé, mais il s'agit d'une affaire très grave !

— Asseyons-nous, voulez-vous, afin que vous me racontiez tout cela, dit aimablement le vieil homme.

Il s'installa lui-même devant le feu sur une chaise à haut dossier, tandis que le sachant sourd, la jeune fille s'agenouillait près de lui.

— J'arrive tout droit de Portsmouth, dit-elle, et je sais que c'est à peine croyable, mais là-bas j'ai découvert un espion !

— Un scorpion ? dit le comte, l'air abasourdi.

— Un espion ! reprit Odella un peu plus fort, car elle avait d'abord instinctivement baissé le ton pour communiquer au vieux monsieur cette nouvelle extraordinaire.

— Un espion ! répéta le comte, les yeux ronds.

— Oui. C'est une femme qui arrache aux matelots des renseignements sur les mouvements de leurs navires, ce qui permet aux vaisseaux français de les surprendre dès leur sortie du port.

Elle dit ces mots d'une voix empreinte d'émotion. Puis elle comprit que le comte avait toujours du mal à entendre ce qu'elle lui disait. A sa grande surprise il se leva lentement pour dire, comme s'il comprenait enfin la situation :

— Vous dites avoir découvert un espion ! Eh bien, il y a ici quelqu'un à qui vous allez raconter votre histoire, car je n'y entends goutte.

Il se dirigea vers la porte. Odella se précipita pour l'ouvrir et le laissa passer tandis qu'il l'invitait à le suivre en disant :

— Venez avec moi, ma chère. Le gentleman que je veux vous faire connaître se trouve actuellement dans mon bureau. Il s'agit du marquis de Midhurst.

Odella le suivit et ils traversèrent lentement le vestibule puis s'engagèrent dans le corridor qui menait au bureau du comte. A contrecœur, car il lui tardait d'agir, elle dut régler son pas sur celui du vieillard qui se déplaçait difficilement. Rien encore n'avait été entrepris pour sauver les hommes que madame Zosina envoyait froidement à la mort et le temps qu'il leur fallut pour arriver jusqu'au bureau lui parut une éternité. De nouveau la jeune fille ouvrit la porte devant le comte qui pénétra le premier dans la pièce où un homme se tenait debout près de la fenêtre. Le vieux monsieur mit quelque temps à découvrir son visiteur après l'avoir d'abord cherché là où il l'avait laissé, c'est-à-dire sur l'une des chaises alignées devant la cheminée. Il aperçut enfin le marquis de Midhurst au moment où celui-ci se retournait et dit alors :

— La fille de notre recteur est venue me conter une étrange histoire que vous devriez entendre. Je vous laisse tous les deux pour demander à mon maître d'hôtel de vous apporter un peu de vin.

En achevant sa phrase, il repartit par le corridor.

Odella considéra le marquis avec intérêt. Son nom ne lui était pas inconnu car elle avait appris par les gazettes les faits d'armes qui lui avaient valu d'être décoré pour sa bravoure. Elle découvrit en s'approchant de lui que cet homme exerçait un attrait irrésistible, entièrement nouveau pour elle. Inexplicablement sa vitalité le faisait paraître plus grand qu'il n'était en réalité. Elle pensa qu'on devait le remarquer tout de suite au milieu d'une foule.

En réalité le marquis était fort ennuyé d'avoir été ainsi abandonné par le comte, au moment même où il tentait de lui expliquer les motifs de sa visite. Prévenu de la surdité de son hôte, il avait parlé fort et lentement jusqu'à l'arrivée de Hodgson, venu avertir son maître qu'une demoiselle Odella demandait à le voir. Il n'avait donc pas eu le temps de lui révéler quoi que ce soit. A son grand étonnement, le comte, au lieu de faire attendre sa visiteuse, s'était levé pour quitter la pièce. Et voilà qu'à présent, sans écouter ce qu'il avait à lui dire, il le laissait seul avec la fille du recteur !

Comme Odella s'approchait, il vit qu'elle était étonnamment séduisante bien que très jeune, mais elle lui faisait perdre son temps. Le Premier ministre et le vicomte Castlereagh lui avaient clairement signifié qu'il était urgent de passer à l'action. Aussi dit-il d'une voix quelque peu intransigeante :

— Vous devez m'excuser, mais je dois sans tarder rejoindre mon hôte, car je dispose de très peu de temps.

— Je comprends tout à fait. J'expliquais tout à l'heure au comte que j'ai découvert un espion à Portsmouth.

Le marquis crut d'abord qu'elle plaisantait. Elle avait dit ces derniers mots à voix basse, et c'est avec un sourire un peu railleur qu'il lui demanda :

— Comment avez-vous su que c'était un espion ? Était-il vêtu de noir, avec une mine chafouine susceptible d'éveiller vos soupçons ?

Odella le dévisagea sans comprendre. Puis elle réalisa qu'il s'était moqué d'elle, se détourna et se dirigea vers la porte. Elle l'avait presque atteinte lorsque le marquis dit sèchement :

— Où allez-vous ?

— Monsieur, répondit-elle, je vais à la recherche de qui voudra bien écouter mon histoire et comprendre que j'essaie de sauver des hommes qui vont bientôt quitter Portsmouth pour rejoindre en France les armées de Wellington.

En terminant sa phrase, elle s'apprêtait à sortir quand la voix impérieuse du marquis la retint.

— Ne sortez pas !

C'était un ordre, et presque malgré elle, elle se retourna pour lui faire face.

— Parliez-vous sérieusement ? demanda-t-il.

— Je ne serais pas venue importuner le comte si je n'étais pas certaine d'avoir découvert quelque chose de grave, dont il faut s'occuper de toute urgence !

— Je vous dois donc des excuses. Revenez, s'il vous plaît, et dites-moi tout.

Odella songea d'abord qu'elle n'avait aucune raison de se montrer conciliante, puis elle se rappela que le temps pressait car les navires sur le point d'appareiller ignoraient toujours le piège qui leur était tendu. Aussi, revint-elle à pas lents vers le marquis. Lorsqu'elle fut près de lui, elle lui lança un regard manifestement hostile.

— Pourquoi ne pas nous asseoir ? dit-il d'une voix tranquille. Oubliez ce que j'ai dit, je vous en prie. Dites-moi plutôt pourquoi vous êtes ici.

Odella eut envie de dire qu'elle préférait rester debout, mais il y avait quelque chose chez cet homme qui forçait l'obéissance, car elle s'assit sur le siège le plus proche.

— Je suis allée ce matin faire des courses à Portsmouth avec ma femme de chambre. Nous descendions la rue principale en voiture lorsque nous avons croisé la cavalcade d'un cirque qui a dressé son chapiteau dans le pré Lincoln.

Elle avait de la peine à regarder le marquis tout en lui parlant ; sa mère lui avait toujours recommandé de fixer du regard son interlocuteur. Elle avait cependant conscience qu'il l'écoutait avec la plus grande attention. Elle poursuivit son récit et expliqua comment, leurs courses faites, elles avaient décidé d'aller voir le spectacle et consulter madame Zosina, la voyante. Elle décrivit l'arrangement des chaises sous la tente, le défilé des matelots qui allaient l'un après l'autre se faire dire la bonne aventure, et enfin la conversation qu'elle avait pu surprendre en attendant son tour. Quand elle lui en révéla le contenu, le marquis vint s'asseoir en face d'elle, l'air sérieux.

— Vous entendiez distinctement ce qui se disait ?

C'était la première fois qu'il l'interrompait depuis le début du récit.

— Non, pas très clairement, répondit Odella, car la voix de madame Zosina était assez faible. Mais, comme il m'est arrivé aussi de dire la bonne aventure, j'ai tout de suite remarqué avec quelle habileté elle arrachait des renseignements aux marins sans que les malheureux ne s'en rendent compte.

Elle fit une pause avant de continuer :

— Après la sortie du dernier matelot, un soldat m'a demandé s'il pouvait passer devant moi pour être de retour à la caserne avant quatre heures.

Elle se lança alors dans le récit de l'entretien de la voyante avec le soldat. Depuis son enfance, son père lui avait appris à retenir poèmes et citations de toutes sortes. Elle apprenait aussi par cœur les collectes du dimanche depuis qu'elle savait lire. A l'église, son père aimait l'entendre chanter les cantiques sans avoir besoin de chercher les paroles dans son missel.

« Plus tu exerces ta mémoire, mieux c'est ! » se plaisait souvent à dire le recteur.

En répétant au marquis ce qu'elle avait entendu de la conversation, Odella retrouva exactement les termes employés, à un ou deux mots près. Elle termina par le récit de la remise au soldat et au marin du prétendu porte-bonheur censé les mettre à l'abri de tous les dangers.

— Qu'avez-vous fait alors ? demanda le marquis.

— C'était le tour de ma servante Emily, qui m'avait accompagnée sous la tente.

— Madame Zosina a-t-elle alors employé la même technique avec Emily ?

— Pas du tout. Elle s'est servi du canevas ordinaire de toutes les diseuses de bonne aventure, les menteuses commes les honnêtes.

— Croyez-vous faire autorité en la matière, vous qui pratiquez cet art difficile ?

Odella fit entendre un petit rire.

— Non, pas du tout, mais il m'arrive souvent de prédire l'avenir lors des ventes de charité de notre village, et les gens y croient. Quatre-vingt-dix-neuf fois sur cent mes prédictions se réalisent.

— Ainsi vous vous êtes rendu compte que madame Zosina était experte dans l'art d'arracher leurs secrets à des gens simples qui avaient pourtant juré de ne les révéler à personne.

— Ils n'avaient pas la moindre intention de se trahir ni de trahir leurs camarades, dit aussitôt la jeune fille. Ils croyaient seulement que cette femme disposait de pouvoirs magiques habituellement refusés à la plupart des humains.

— Je suppose que vous vous en doutez, mais tout ce que vous venez de me dire est d'une importance capitale. Nous devons agir immédiatement.

— C'est justement la raison de ma présence ici. Mon père est parti pour une semaine et en son absence je ne pouvais m'adresser qu'à une seule personne, le lord lieutenant.

Le marquis se leva et se mit à marcher de long en large dans la pièce. Il devait sûrement réfléchir à ces révélations, pensa la jeune fille. Elle ne put s'empêcher au même moment de reconnaître en lui un des hommes les plus beaux qu'elle eût jamais rencontré. Elle se demandait si son père et sa mère avaient connu ses parents malgré la distance qui séparait le village de la maison des Midhurst. Il était manifestement plus âgé qu'elle. Il avait vingt-huit ans, peut-être vingt-neuf ; elle n'avait donc pas pu faire sa connaissance lors des réceptions enfantines qui lui avaient permis de connaître la plupart des jeunes gens de bonne famille du comté.

Le marquis se tourna de nouveau vers elle.

— Je viens de réfléchir à ce que vous m'avez dit, reprit-il. Il nous faut découvrir — parce que c'est la clé du problème — à qui madame Zosina transmet les renseignements arrachés aux hommes qui montent à bord des navires en partance.

— C'est aussi ce que je crois, répondit Odella. C'est sans doute cette personne, homme ou femme, qui trouve apparemment le moyen d'alerter la flotte française.

Le marquis approuva d'un signe de tête. Elle reprit d'un ton suppliant :

— Je vous prie, monsieur, faites vite quelque chose ! Je ne vis plus quand je pense à ces hommes qui vont à la mort sans même pouvoir envoyer un seul boulet à l'ennemi.

— J'essaie d'étudier un plan. J'espère, mademoiselle Odella — je connais seulement votre prénom — que vous aurez assez de patriotisme et de courage pour faire ce que je vais vous dire.

Elle le regarda d'un air surpris et un peu inquiet.

— Qu'allez-vous me demander de faire ?

— Les choses s'organisent peu à peu dans mon esprit, dit le marquis. Si je pouvais m'arranger pour que madame Zosina tombe brusquement malade, accepteriez-vous de la remplacer auprès de ses clients, et d'entrer peut-être ainsi en contact avec celui ou celle qui cueille les fruits de sa trahison ?

La jeune fille ouvrit de grands yeux.

— Prendre la place de madame Zosina ! murmura-t-elle.

— Vous avez, me dites-vous, le don de lire l'avenir, et quand vous m'avez décrit madame Zosina pendant la parade du cirque, vous avez précisé que son visage était dissimulé sous un *yachmak*. Il vous sera facile de prendre sa place si le public ne peut distinguer ses traits.

Odella eut un léger sursaut mais se garda d'interrompre le marquis qui poursuivit en ces termes :

— Je puis me tromper mais d'expérience je peux affirmer que madame Zosina ignore probablement le nom de l'agent à qui elle transmet ses informations. Elle ne l'a même sans doute jamais vu.

— Comment est-ce possible ? demanda la jeune fille.

— Il attend sûrement la nuit pour entrer en contact avec elle. Je doute qu'il se serve d'un intermédiaire, car, s'agissant de renseignements d'une telle importance, il ne ferait confiance à personne d'autre qu'à lui.

Le marquis fit un geste de la main.

— Ce ne sont que des suppositions, bien entendu. C'est pourquoi nous devons avancer très prudemment et toujours prévoir l'inattendu.

— Mon Dieu, mais comment vais-je bien pouvoir faire ce que vous me demandez ? s'enquit Odella qui se disait au même moment, qu'après tout, ce n'était pas impossible.

Son père était absent, et si le marquis s'arrangeait pour venir la chercher au presbytère, elle pourrait prendre le prétexte d'un séjour chez une amie pour endormir la méfiance de Mme Barnet. La perspective était malgré tout terrifiante. Comment jouer convenablement ce rôle qui pouvait se révéler dangereux, ou simplement ridicule, au cas où un ami de son père apprendrait sa conduite. Comme s'il lisait dans ses pensées le marquis dit au même instant d'une voix calme :

— Vous ferez cela pour l'Angleterre. Retrouveriez-vous jamais le sommeil si vous deviez garder sur la conscience, faute d'avoir essayé de vous y opposer, la perte de ces deux navires, et peut-être de beaucoup d'autres ?

— Il y a certainement d'autres gens plus qualifiés que moi ?

— Et qui donc, je vous le demande ? intervint brusquement le marquis. Vous venez d'être assez fine mouche pour déchiffrer l'énigme qui laissait perplexes le Premier ministre et le vicomte Castlereagh.

Il poursuivit d'une voix plus grave :

— Mademoiselle Odella, je vais vous faire part de mon secret. Je suis venu spécialement de Londres afin de découvrir qui observe les mouvements de nos vaisseaux en partance pour les attaquer dès qu'ils ont atteint la pleine mer. Par une sorte de miracle vous venez de m'apporter une réponse que je craignais d'avoir à chercher pendant des semaines.

Les yeux de la jeune fille paraissaient immenses dans son petit visage triangulaire lorsqu'elle dit :

— On croirait que Dieu a voulu me faire connaître les agissements de madame Zosina.

— Et moi je crois que tout le temps où nous nous battions au Portugal et en Espagne, Dieu se trouvait de notre côté, répondit brusquement le marquis. Et dans bien des cas, au milieu d'embuscades en apparence mortelles, nous n'avons réussi à en réchapper que grâce à sa divine protection.

Odella soupira profondément.

— Eh bien, j'essaierai de faire ce que vous me demandez, mais je vous en prie, de grâce, expliquez-moi très exactement ce qui va se passer car j'ai très peur.

— C'est bien naturel, dit le marquis d'une voix rassurante. Je vous faciliterai les choses autant que possible, et surtout je vous promets de ne pas vous laisser sans défense. A tout moment j'aurai sous la main des hommes prêts à intervenir.

Il parlait du ton décidé de quelqu'un qui a pris la direction des opérations. Il semblait à Odella que tout était déjà parfaitement organisé dans sa tête.

— A présent, je suggère que vous rentriez chez vous. A partir de cette minute, ne soufflez mot à personne de ce qui va se passer.

Odella était tout ouïe, les doigts crispés. Son être était tendu à l'extrême et une voix intérieure lui commandait de rester calme et de s'abstenir du moindre commentaire ou de la moindre objection.

— Demain matin, dit le marquis, vous recevrez une lettre vous demandant de venir passer une ou peut-être deux nuits chez une amie dont vous allez me donner le nom. Les gens de votre famille voudront savoir chez qui vous vous rendez. Votre mère est-elle à la maison ?

— Non, ma mère est morte et, comme je vous l'ai déjà dit, mon père est absent pour le moment. Seuls les domestiques sont là. Ils prennent soin de moi depuis des années et ils s'intéressent naturellement à tous mes faits et gestes.

— Très bien. Ils ne doivent en aucun cas soupçonner que vous vous livrez à des occupations inhabituelles. Donnez-moi le nom d'une personne qui vit près de Portsmouth, car ils vous verront forcément partir en direction de la ville.

Odella répondit, en constatant qu'il n'oubliait aucun détail :

— Mme Grayson est une amie de la famille. L'an dernier j'ai passé la nuit chez elle après la garden-party qu'elle donne chaque été.

Le marquis alla jusqu'au bureau pour noter ce nom sur un morceau de papier.

— Vous annoncerez à vos domestiques que Mme Grayson vous invite chez elle et qu'elle enverra une voiture vous prendre à cinq heures. Cette dernière vous conduira jusqu'au pré où le cirque a dressé son chapiteau. Comme aujourd'hui, vous irez sous la tente de madame Zosina, où vous attendrez votre tour.

— Je comprends.

— Vous trouverez là un homme que vous autoriserez à passer le premier, de préférence à un moment où il n'y aura personne d'autre sous la tente. Même s'il y a du monde, laissez-le profiter de votre tour, puisqu'on n'y peut rien, de toute façon. Vous me suivez ?

— Oui, murmura-t-elle.

— Vous écouterez, ainsi que vous l'avez déjà fait, les prédictions qui lui seront faites. Ensuite cet homme proposera à madame Zosina de boire au succès qu'elle lui aura promis.

Le marquis fit une pause avant de continuer :

— Il prendra congé dès qu'elle aura bu, et vous prendrez sa place. Quelques secondes plus tard, elle perdra connaissance. Vous demanderez alors qu'on aille quérir un responsable du cirque.

Odella songea que la situation serait bien embarrassante, mais ne dit rien.

— Quand cette personne, le propriétaire ou un autre, arrivera, vous lui apprendrez que vous étiez en compagnie de madame Zosina quand l'accident est survenu. Vous ajouterez qu'en votre qualité d'infirmière, vous avez tout de suite vu qu'il s'agissait d'un léger malaise cardiaque. Vous suggérerez de la faire transporter dans sa roulotte où vous l'accompagnerez.

La jeune fille écoutait, le visage très pâle.

— Vous annoncerez alors qu'elle pourrait rester plusieurs heures sans connaissance. Vous expliquerez que vous avez une longue expérience de voyante amateur et offrirez de prendre sa place. Si les gens du cirque font des difficultés, vous soulignerez l'impatience des clients venus consulter la célèbre madame Zosina et la déception qui serait la leur s'il fallait leur apprendre qu'elle est indisponible.

— C'est vrai, reconnut Odella.

— Vous pouvez faire remarquer que si vous portez son costume et si vous dissimulez votre visage sous le *yachmak*, personne ne s'apercevra que les prédictions viennent de vous et non de madame Zosina en personne.

Il marqua un temps d'arrêt.

— Cela paraît faisable. Mais supposons que quelqu'un s'aperçoive de l'imposture ?

— Et pourquoi donc ? demanda rudement le marquis. Après tout, quand les gens viennent consulter une voyante, ils sont surtout préoccupés d'eux-mêmes, et non de la personne qui interroge la boule de cristal.

Odella dut reconnaître qu'il avait raison.

— Et ensuite ? demanda-t-elle.

— Vous attendrez l'heure habituelle de la fin de la séance, après quoi vous regagnerez la roulotte de madame Zosina. Celle-ci sera toujours inconsciente. Vous devrez peut-être passer la nuit chez elle. J'espère que ce ne sera pas trop inconfortable.

Il adressa un sourire à la jeune fille avant de poursuivre :

— Je suis à peu près sûr que l'agent à qui elle transmet les renseignements extorqués aux marins dans l'après-midi entrera en contact avec elle, sans doute le soir même.

— Et s'il ne vient pas ?

Le marquis ne répondit pas. Elle demanda au bout d'un moment :

— Voulez-vous dire que je devrais continuer à jouer le rôle de madame Zosina ?

— L'homme qui lui aura administré la drogue vous donnera un petit flacon du même liquide. Si vous n'avez pas encore découvert ce que nous cherchons, et que vous la voyez revenir à elle, vous devrez lui en faire avaler une deuxième dose.

Les jointures des doigts croisés de la jeune fille devinrent blanches. Elle avait envie de crier au marquis que c'était trop exiger d'elle, qu'elle mourait de peur et ne ferait pas ce qu'il lui demandait. Elle se rendait compte en même temps qu'une telle attitude lui vaudrait le plus grand mépris de la part de cet homme, et qu'elle se reprocherait toujours d'avoir trahi son pays.

« Je n'ai pas le choix, il n'y a rien d'autre à faire », se dit-elle faiblement.

C'est alors que le marquis reprit d'une voix calme et sur un autre ton :

— Je sais que c'est beaucoup vous demander. Mais si vous aviez vu, comme moi, mourir tous ces hommes qui trouvent la force de rire ou de plaisanter jusqu'au dernier moment, au milieu de souffrances indicibles dont vous n'avez même pas idée, vous qui dormez confortablement dans un lit, vous seriez, comme moi, prête à tout faire pour sauver la vie d'un seul de ces malheureux.

— Je vous l'ai dit, je le ferai. Je prierai pour avoir la force nécessaire de ne pas vous trahir.

— Je vous trouve très courageuse. Je suis convaincu que si quelqu'un est capable de réussir, et je reconnais que ce n'est pas facile, c'est bien vous !

La jeune fille poussa un léger soupir :

— Je vais rentrer, pour attendre la lettre que vous me ferez tenir de la part de Mme Grayson.

Le marquis lui tendit la main en disant d'un air détaché :

— Vous êtes la femme la plus brave que je connaisse. Si nous réussissons, je promets de vous faire élever une statue sur les quais de Portsmouth !

Il était parvenu à la faire rire et elle se détendit un peu. Puis elle demanda :

— Que devrai-je dire au comte ?

— Je me charge de Sa Seigneurie. Je lui dirai que vous m'avez fourni des renseignements plus ou moins intéressants, que je conserve néanmoins présents à la mémoire en cas de besoin.

Il lui sourit avant d'ajouter :

— A ce propos, je n'ai plus tellement besoin de son aide puisque je vous ai sous la main.

— Voilà que vous m'effrayez de nouveau. Je vous en prie, promettez-moi que tout ira bien.

— Il faut me faire confiance. Mes hommes l'ont toujours fait et je puis dire sans forfanterie qu'ils ne l'ont jamais regretté.

La jeune fille se dirigea vers la porte qu'il ouvrit devant elle avec empressement. Comme ils atteignaient le vestibule, il dit d'une voix neutre à l'intention du maître d'hôtel Hodgson :

— Je vous ai retenue plus longtemps que je n'aurais dû, mademoiselle Odella, et je sais qu'il vous tarde de rentrer chez vous. Je transmettrai vos regrets à Sa Seigneurie et j'espère vous revoir un jour prochain. Quand les cloches annonceront le retour de la paix, je donnerai une grande réception à Midhurst.

— Je m'en réjouis d'avance.

Elle salua aimablement le vieux maître d'hôtel et le marquis l'escorta jusqu'à sa voiture. Thompson fit entendre un petit claquement de langue et elle leva la main en signe d'adieu tandis que l'attelage s'ébranlait.

Personne au monde n'aurait été capable d'imaginer l'existence du complot qu'ils venaient d'ourdir ensemble, pensa-t-elle. Sa trame paraissait sortir tout droit d'un roman, ou encore d'un de ces mélodrames dont les amateurs de théâtre étaient alors si friands.

— C'est incroyable ! C'est proprement incroyable ! dit Odella dans un murmure, tandis que la voiture s'éloignait.

# 4

Quand elle était petite, Odella, comme la plupart des enfants uniques, avait un compagnon imaginaire qui ne la quittait jamais. C'était un garçon, il grandissait avec elle et s'appelait Mickie. Il faisait tellement partie de sa vie qu'il devint en quelque sorte son ange gardien, surtout après la mort de sa mère. Elle lui demandait conseil et requérait son assistance chaque fois qu'elle en éprouvait le besoin.

Même encore maintenant, lorsqu'elle montait se coucher, elle s'adressait à Mickie comme aux jours de sa plus tendre enfance quand il était le familier de toute la maison. C'était Mickie qui faisait les bêtises, tandis qu'Odella restait toujours bien sage.

Un jour, à l'âge de six ans, elle avait voulu sauter le ruisseau gonflé par des pluies, était tombée dedans et avait été trempée de la tête aux pieds. Son père irrité lui avait dit alors :

— C'est très mal de ta part d'avoir fait une telle sottise.

— C'est Mickie qui m'avait mise au défi de le faire !

— Eh bien, si Mickie te pousse encore à des actes aussi dangereux, il faudra le punir, avait dit le recteur avec sévérité.

— Comment punirez-vous Mickie, papa ?

— Je lui défendrai de jouer avec toi pendant une semaine, et s'il refuse d'obéir il devra partir pour toujours.

— Mais je ne peux pas perdre Mickie... je ne peux pas ! avait gémi Odella.

— Alors dis-lui de bien se tenir.

Lorsqu'il s'était retrouvé seul avec sa femme cette nuit-là, il avait fait la remarque suivante :

— Je commence moi-même à croire à l'existence de Mickie. Odella est si convaincue de sa réalité qu'à chaque instant je m'attends à le voir apparaître au fond de la pièce.

Mme Wayne s'était mise à rire.

— J'en suis à peu près au même point. Toutes les espiègleries sont le fait de Mickie qui semble avoir un grand sens de l'humour.

Tout en se déshabillant avant de se mettre au lit, Odella parla à Mickie :

« Et si j'échoue ? Oui, je sais que tu m'aideras, mais cette affaire est très dangereuse. Et pourtant, je sais que je dois y aller. »

Elle continua dans un léger sanglot :

« Comment pourrais-je laisser ces hommes se noyer ou se faire massacrer par les Français parce qu'une horrible femme leur a soutiré des informations confidentielles ? »

Elle remonta les draps jusqu'à son menton en disant :

« Que suis-je donc allée faire là-bas ? Si nous

étions allées directement sous le grand chapiteau, rien ne serait arrivé. »

Comme si Mickie lui avait donné la réponse, elle comprit tout à coup qu'elle avait été spécialement choisie pour se porter au secours de ses infortunés compatriotes !

Les Français étaient cruels et méchants. Ils avaient envahi des pays qui ne leur appartenaient pas pour les écraser sous la botte de fer de Napoléon. Heureusement, celui-ci avait fini par renoncer à débarquer en Angleterre. Dix ans plus tôt, l'enfant qu'elle était alors avait cru à l'intervention de Dieu lorsque les énormes vagues du Pas de Calais s'étaient déchaînées pour décourager le corps expéditionnaire du camp de Boulogne. Ce devait être le même Dieu qui avait choisi d'utiliser ses dons de voyance pour la charger du soin de mettre hors d'état de nuire l'espion et sa complice, madame Zosina. Car c'était bien grâce à eux que les Français empêchaient les navires anglais d'accomplir leur mission en les coulant l'un après l'autre.

— Tu dois m'aider, Mickie, tu le dois absolument ! dit Odella en se retournant dans son lit.

Elle dormit peu et mal. Elle s'éveillait en sursaut de temps en temps, tenaillée par le remords de n'être pas déjà partie pour Portsmouth.

Au matin une main anonyme glissa une lettre sous la porte d'entrée. Après l'avoir lue, Odella dit à Mme Barnet que Mme Grayson l'invitait à passer un ou deux jours chez elle.

— C'est un bon dérivatif pour vous, mademoiselle Odella, dit la gouvernante. Ça vous fera du bien de sortir un peu. Vous vous sentez toujours bien seule quand le maître est absent. Et maintenant, quelle robe allez-vous mettre ?

La jeune fille avait pensé à tout sauf à cela. Elle fit mettre dans ses bagages une très jolie robe du soir que sa mère lui avait offerte juste avant de mourir et qu'elle n'avait encore jamais eu l'occasion de porter. Mme Barnet jacassait sans arrêt, affirmant qu'il était grand temps pour la jeune fille d'aller aux réceptions et aux bals, comme avant la mort de sa mère.

— Tous mes cavaliers de cette époque ont grandi, répondit Odella. Ils servent aujourd'hui dans l'armée ou dans la marine.

Elle frissonna en disant ces mots qui lui rappelaient l'objet de sa mission. Qu'arriverait-il si d'aventure elle gâchait tout ? Si parmi ceux qui allaient perdre la vie à cause d'elle se trouvait un de ces petits garçons qui partageaient jadis ses jeux d'enfant ?

Elle aimait en particulier jouer aux chaises musicales, quand les garçons s'amusaient à faire tomber les filles sur le parquet pour les empêcher de s'asseoir.

Elle ne prêtait guère attention aux effets que Mme Barnet entassait dans sa malle. Et pourtant le style de la robe qu'elle mettrait pour aller à Portsmouth avait son importance. Le marquis lui avait bien dit qu'elle devrait se faire passer pour une infirmière. La plupart de ses robes accentuaient sa jeunesse et lui donnaient, à son goût, un air un peu trop frivole. Elle choisit donc une robe noire et le manteau assorti qu'elle avait portés pour l'enterrement de sa mère.

— Pourquoi voulez-vous mettre cette robe ? dit Mme Barnet, étonnée. Mme Grayson va sûrement trouver ça bizarre ?

— Papa, en effet, n'approuve pas les gens qui portent trop longtemps le deuil, répliqua la jeune fille. Et maman avait coutume de dire que de là-haut, nos chers disparus nous protègent et veillent sur nous.

Mais elle ajouta rapidement :

— Mais Mme Grayson pourrait se choquer de ne pas me voir en grand deuil, et je ne veux pas la contrarier.

— Je suppose que cela vaut mieux ainsi, en effet. Pourtant je vous préfère en robe de mousseline, vous êtes bien plus jolie.

— Merci, fit Odella en souriant.

Plus tard dans l'après-midi, elle essaya le chapeau garni de rubans noirs assorti à la robe. Il faisait ressortir la blancheur laiteuse de sa peau et l'éclat ensoleillé de ses cheveux blonds. En se regardant dans la glace, elle se dit qu'elle n'avait pas du tout l'air d'une infirmière de métier, mais décida, pour se consoler, que cette tenue lui donnait un peu plus d'aplomb. Elle se souvint au dernier moment des lunettes à verres teintés que portait son père en été. Elle alla jusqu'au bureau, les posa sur son nez et contempla son image dans le miroir doré qu'on avait offert à ses parents pour leur mariage. Elle remarqua alors qu'elle faisait beaucoup plus que son âge, et pouvait prétendre exercer le métier d'infirmière depuis longtemps, sans risquer d'éveiller les soupçons. Elle entendit des pas, et s'empressa d'enfouir les lunettes dans son sac à main. Mme Barnet ouvrit la porte.

— La voiture est devant l'entrée, mademoiselle Odella. Votre malle est dedans et j'y ai ajouté un carton dans lequel il y a un joli chapeau, au cas où vous décideriez de ressembler un peu plus à vous-même.

Odella eut un rire léger.

— Je vous promets de ne pas mettre cet affreux chapeau noir si ce n'est pas absolument nécessaire.

Elle dit au revoir à la gouvernante en déposant un baiser sur ses joues et fit un signe d'adieu à Emily, qui observait la scène par la fenêtre de la cuisine. Puis elle sauta dans la voiture d'apparence tout à fait ordinaire qui attendait devant la porte. Le cocher lui parut cependant d'une autre espèce que la plupart des hommes de sa profession. Sans lui adresser la parole, il se contenta de toucher du doigt le bord de son chapeau, puis ils s'éloignèrent dans l'allée tandis que Mme Barnet leur faisait de grands gestes d'adieu. Odella comprit alors qu'elle était en route pour une aventure d'autant plus effrayante que nul n'en pouvait prévoir le dénouement. C'est seulement après avoir adressé à la gouvernante un dernier signe de la main qu'elle s'aperçut de la présence d'une enveloppe sur le siège qui lui faisait face. Elle l'ouvrit fébrilement pour en tirer un bout de papier sur lequel étaient écrits ces mots :

*HMS Heroic : départ vendredi.*
*HMS Victorious : départ samedi.*

C'étaient les noms des navires à donner à l'espion. Elle supposa qu'ils n'existaient que dans l'imagination du marquis, et qu'en fait aucun transport de troupes ne quitterait Portsmouth ces jours-là. Elle découvrit autre chose au fond de l'enveloppe qui pesait très lourd. Il s'agissait d'un petit flacon contenant un liquide d'une belle couleur rubis. C'était sans aucun doute la dose complémentaire de l'hypnotique dont l'homme du marquis se servirait pour endormir madame Zosina, et qu'elle devrait utiliser au cas où celle-ci reviendait à elle plus tôt que prévu. Odella glissa l'enveloppe dans son sac avec un frisson d'appréhension et, soudain prise de faiblesse, se laissa aller sur le dossier de son siège pour prier, Dieu d'abord, et Mickie ensuite, de venir à son secours. La voiture allait maintenant trop vite pour lui permettre de rassembler ses idées, mais elle restait parfaitement consciente de la nécessité de disposer de toutes ses facultés dans ces circonstances afin d'éviter toute fausse manœuvre.

Le marquis avait promis d'assurer sa protection, mais il n'était pas facile de protéger quelqu'un de loin. Il était certain que l'agent n'hésiterait pas à l'éliminer d'une façon ou d'une autre s'il s'apercevait qu'elle l'avait démasqué. On avait tant parlé d'espionnage pendant la guerre, que les bruits les plus fantaisistes circulaient à ce sujet. Les uns pensaient que les espions s'introduisaient en Angleterre avec la complicité de fraudeurs de toutes sortes. D'autres croyaient qu'ils traversaient le Pas de Calais dans des barques à rames pour se cacher dans l'embouchure des rivières avant d'être récupérés par leurs complices. On ne pouvait alors qu'ajouter foi aux racontars car nul n'avait jamais vu d'espion à Nettleway. Elle aurait pourtant aimé prendre l'avis de son père, qui avait fait des recherches à ce sujet et connaissait un peu la question. D'un autre côté, mis au courant des projets du marquis, il lui aurait sans aucun doute interdit de prendre part à cette équipée. Son enfance avait été très protégée, et même la jeune fille qu'elle était devenue ne sortait jamais sans être accompagnée. Elle comprit alors pourquoi Mme Barnet s'était étonnée de constater que Mme Grayson n'avait pas envoyé de servante pour lui tenir compagnie pendant le trajet. Tandis qu'elles traversaient le vestibule pour rejoindre la voiture, elle avait remarqué :

— Je ne vois que ce cocher-là, mais je pense que vous n'aurez pas de problème avec lui. Il m'a l'air d'un homme de bon sens.

— Je me sens parfaitement en sécurité, avait riposté la jeune fille. Après tout, Mme Grayson ne demeure pas très loin d'ici.

Mme Barnet n'avait rien ajouté et s'était contentée de se moucher bruyamment pour montrer qu'elle désapprouvait le comportement de Mme Grayson.

En approchant de Portsmouth, Odella se demandait dans quelle mesure le cocher pouvait être au courant de ce qui se passait. Elle désirait l'interroger pour savoir si le marquis lui avait donné des instructions particulières la concernant. Ils circulèrent bientôt au milieu du trafic. Il y avait foule sur les trottoirs en direction du pré Lincoln qui n'était pas très éloigné du port. C'était un grand terrain vague qui servait en mainte occasion. L'exposition florale s'y tenait tous les ans et l'on venait y voir les parades militaires quand la cour de la caserne s'avérait être trop exiguë. On y organisait aussi de temps en temps des combats de boxe qui devenaient si populaires, qu'il n'y avait plus en ville d'espace suffisamment grand pour accueillir les foules chaque fois plus nombreuses. Odella se rappelait bien le dernier en date, quand Tom Scott, alors champion d'Angletere, avait défié et logiquement vaincu la vedette locale. Lorsqu'ils furent au pré Lincoln, Odella s'aperçut que le marquis s'était arrangé pour faire coïncider l'heure de leur arrivée avec celle du début du spectacle, sous le grand chapiteau. Les éclats de la musique dominaient à peine la rumeur qui montait de la foule. Des douzaines de petits garçons rôdaient autour de la tente, essayant d'apercevoir les animaux sur la piste. Quelques-uns se jetaient même à plat ventre pour glisser un œil sous la bâche et tenter ainsi de voler un peu du spectacle en dépit du manège incessant des garçons d'écurie. Partout ailleurs, le pré restait calme et l'on n'entendait que la conversation de quelques bambins, assis sur les escaliers des roulottes rangées à l'écart, le long d'une haie. Les chevaux, de couleur pie pour la plupart, avaient été dételés et broutaient en liberté, sauf ceux dont on avait entravé les jambes de devant.

La voiture passa devant le chapiteau sans s'arrêter. Odella vit que le cocher continuait sa route jusqu'à l'autre bout du champ, sous le couvert des arbres, nombreux à cet endroit, mais trop éloignés du cirque pour y établir un campement commode. Il s'arrêta enfin sous un arbre dont les basses branches dissimulaient en partie la voiture. Odella ne fit pas un mouvement jusqu'au moment où la porte s'ouvrit. Le conducteur dit alors de la voix tranquille d'un homme bien élevé :

— Mademoiselle, je resterai ici toute la nuit.

La jeune fille comprit ce que cela signifiait et dit d'une petite voix :

— Merci.

— Si vous allez maintenant chez la voyante, vous trouverez un officier de marine à l'intérieur de la tente.

Il se détourna pour s'occuper de son cheval, comme s'il ne souhaitait pas répondre à d'éventuelles questions. Elle descendit de voiture et s'aperçut qu'un sentier venant de la grand-route débouchait à proximité de l'endroit où elle se trouvait. Si quelqu'un la voyait à ce moment, il aurait l'impression qu'elle arrivait de la ville. Elle traversa donc le terrain vague aussi rapidement que possible pour ne ralentir le pas qu'à l'approche de la tente de la cartomancienne. Comme elle l'avait déjà remarqué la veille, cette dernière se trouvait assez éloignée du grand chapiteau. A quelque distance de là stationnait une charmante roulotte peinte de couleurs vives qui devait appartenir à madame Zosina. C'est là qu'on la transporterait quand elle aurait perdu connaissance.

Odella pensa que les visiteurs ne seraient pas nombreux sous la tente à cette heure car l'après-midi n'étais pas très avancé. Elle dut acheter son billet à l'homme qui se tenait à l'entrée, un romanichel aux yeux et aux cheveux d'un noir de jais, d'un âge avancé et qui n'était guère séduisant. Sans dire une parole, il lui donna un ticket et prit l'argent que lui tendait la jeune fille en soulevant le pan de toile qui masquait l'entrée de la tente pour l'inviter à y pénétrer. Seules deux personnes attendaient leur tour. La plus proche du rideau qui dissimulait madame Zosina aux regards indiscrets était une jeune fille. A côté de celle-ci se trouvait assis l'homme qui, sans aucun doute, intéressait Odella. Il était vêtu de l'uniforme de la Navy, celui des officiers, pas celui d'un simple marin. Il était sensiblement plus âgé que les jeunes gens venus consulter le jour précédent. Comme elle s'y attendait, il l'ignora complètement tandis qu'elle s'asseyait sur le siège voisin et se contenta de garder les yeux fixés sur le rideau qui les séparait de la voyante. Trois ou quatre minutes s'écoulèrent et le rideau s'ouvrit pour laisser passer un jeune homme. C'était un villageois sans malice et visiblement excité par ce qu'il venait d'entendre. Il tendit la main à sa jeune amie.

— Tout va bien pour nous, Kitty, dit-il. Nous ferons un bout de chemin ensemble.

— Tu en es sûr ? demanda-t-elle.

— Elle sait de quoi elle cause, non ? répliqua-t-il. Allons, viens, pas besoin de perdre plus de temps.

— Elle m'a pas prédit mon avenir ! objecta Kitty.

— Ton avenir et le mien, c'est du pareil au même ! dit l'homme. Allez, je reste pas ici une minute de plus.

Il la poussa sans ménagement hors de la tente. L'officier de marine disparut à son tour derrière le rideau chatoyant et Odella s'installa aussitôt sur le siège abandonné par Kitty pour écouter ce qui se disait. Madame Zosina se mit à parler de la même voix onctueuse qui, la veille, avait si bien trompé les matelots, comme le soldat.

— Vous avez une belle carrière devant vous, commença-t-elle. Rappelez-vous ce que je vous dis, un jour vous serez célèbre.

— L'espoir fait vivre, dit-on, rétorqua l'officier.

Sous l'avalanche de questions qui suivit, l'homme finit par indiquer qu'à son avis il avait une chance — et une seule — d'être un jour promu au grade supérieur.

— Vous aurez, non pas une, mais plusieurs promotions avant de quitter la Navy, prophétisa madame Zosina. Maintenant — laissez-moi voir — vous aurez bientôt l'occasion de montrer votre courage dans une circonstance imprévue.

Et elle se mit à lui arracher un à un tous les détails de son prochain ordre de service. C'était du grand art. Odella croyait cette femme capable d'obtenir ce qu'elle voulait de tous ceux qui tombaient sous son charme hypnotique. Faisant mine de tomber dans le piège, l'officier de marine la laissa déployer son jeu en entier. Lorsqu'elle « devina » le nom de son navire, il feignit la surprise pour demander :

— Comment l'avez-vous su ?

— Tout est là dans ma boule de cristal, répliqua-t-elle. Et à partir de maintenant, grâce à mes pouvoirs magiques, vous êtes à l'abri du danger pendant votre traversée.

Elle promit de l'accompagner par la pensée, dès l'instant où il quitterait Portsmouth jusqu'à l'heure de son arrivée à destination.

— Au moment de débarquer il y aura escarmouche, ou peut-être bataille, ajouta madame Zosina, mais avec un chef tel que vous, vos hommes triompheront et vous aurez votre récompense.

Odella entendit l'exclamation de bonheur de l'officier de marine et trouva qu'il jouait bien son rôle.

— Vous avez levé un coin du voile, dit-il, tandis qu'apparemment épuisée, madame Zosina se laissait retomber sur sa chaise. Et maintenant j'ai ici avec moi une bouteille d'un bordeaux fameux que vient de m'offrir mon négociant de père. C'est le vin favori de Son Altesse Royale le prince régent. Je veux que nous trinquions ensemble à ma santé et à l'avenir.

— Avec grand plaisir.

On entendit le bruit d'une bouteille qu'on débouche, suivi de celui du liquide versé dans un verre.

— Voilà qui se laisse boire, dit l'officier d'un air satisfait. Allons buvez à votre bonheur et au mien, s'il vous plaît.

La diseuse de bonne aventure fit entendre un petit rire.

— Comme vous le désirez, mais vous devez faire de même.

— Après avoir entendu vos promesses, je suis prêt à vider la bouteille sur-le-champ !

Il dut servir à son tour la voyante car on entendit le bruit des verres entrechoqués. Madame Zosina dit alors :

— A votre santé, matelot, et à votre bonheur ! Puissent tous vos vœux se réaliser.

— Surtout ceux que vous formez pour moi.

La cartomancienne dut à peine tremper ses lèvres dans son verre, car il insista :

— Il faut boire tout d'un coup, ça porte chance. Si vous laissez traîner ce nectar, il ne sera pas perdu pour tout le monde, aussi sûr que deux et deux font quatre !

Madame Zosina se mit à rire et finit sans doute par obtempérer.

L'officier de marine recula bruyamment son siège, et dit en conclusion :

— Je penserai à vous tous les jours jusqu'à mon arrivée en France.

— Et moi de même.

La bouteille à la main, il franchit à nouveau le rideau d'un pas allègre sans même jeter un coup d'œil à Odella médusée. Il ne semblait pas pressé de quitter les lieux. En passant devant l'homme qui vendait les tickets, il lança d'une voix désinvolte :

— On ne m'avait pas menti, cette petite dame-là est extraordinaire en effet !

L'homme ne répondit pas. Odella se leva et passa derrière le rideau. Comme elle l'avait imaginé, madame Zosina était assise sur un siège doré ressemblant assez à un trône. A droite et à gauche, deux grands candélabres garnis de bougies allumées comme dans les églises catholiques éclairaient la scène. Sur une table devant la voyante reposait sur son socle une boule de cristal identique à celle qu'elle tenait dans sa main durant la parade. Dans la lumière tremblotante des bougies il était difficile de distinguer les traits de madame Zosina, toujours en partie dissimulée par le *yachmak*. A côté de la boule de cristal, un jeu de tarots s'étalait sur la table. Dès qu'Odella fut entrée, madame Zosina lui demanda :

— Voulez-vous découvrir votre avenir dans les cartes ou dans la boule de cristal ?

— S'il vous plaît, j'aimerais mieux la boule de cristal, répliqua la jeune fille, qui s'installa sur la chaise en face de la voyante.

— Vous avez bien raison ! C'est au fond du cristal que je lis dans les étoiles.

Elle dit ces mots d'une voix lointaine, puis s'absorba dans la contemplation de la boule. Soudain elle porta la main à son front et bascula en avant très lentement jusqu'à heurter de la tête le socle de la boule de cristal. Puis elle ne bougea plus. Odella resta quelques instants immobile. Lorsqu'elle constata que madame Zosina avait réellement perdu connaissance, elle écarta le rideau et courut jusqu'au vendeur de billets. Celui-ci tendait précisément un ticket à une jeune femme. Dans l'espoir que personne ne l'entendrait, Odella lui dit d'une voix étouffée :

— Madame Zosina s'est évanouie ! Trouvez quelqu'un pour m'aider à la transporter jusqu'à sa roulotte.

L'homme la regarda d'un air stupéfait, mais sans s'occuper de lui davantage, elle repartit en courant vers l'intérieur de la tente. Elle prit néanmoins le temps de se retourner, et fut soulagée de le voir prendre ses jambes à son cou. Non sans peine, elle souleva madame Zosina qui s'était effondrée sur la table, pour la remettre dans la posture qu'elle avait précédemment. Avec hésitation, car le contact de cette femme était répugnant, elle écarta le *yachmak*.

Elle ne s'attendait certes pas à se trouver face à face avec une jeunesse, mais l'aspect repoussant de ce visage la déconcerta. Elle comprenait maintenant pourquoi la face maigre et ridée se dissimulait en permanence derrière un *yachmak*. La couronne et les voiles cachaient sans doute des cheveux grisonnants.

Au bout d'un moment l'homme aux tickets réapparut, accompagné d'une femme. Ils pénétrèrent dans la tente par-derrière et durent contourner le trône de madame Zosina pour examiner la femme inconsciente.

— Qu'est-ce que c'est que cette histoire ? demanda la femme.

— Madame Zosina était sur le point de me prédire l'avenir, quand elle a perdu brusquement connaissance. Or je suis infirmière et je crois qu'elle est victime d'un léger malaise cardiaque.

— Un malaise cardiaque ? hurla la femme. Et pourquoi cela je vous prie, j'aimerais bien le savoir ?

— Cela peut arriver soudainement. En ma qualité d'infirmière je puis vous dire qu'il est inutile de s'alarmer. Elle se sentira mieux dans une heure ou deux.

— Dans une heure ou deux ? Nous voilà bien ! Il y a déjà une demi-douzaine de personnes qui attendent pour se faire dire la bonne aventure.

— Nous devrions la transporter jusqu'à sa roulotte afin qu'elle puisse se reposer. Une fois là-bas j'aurai peut-être une suggestion à vous faire.

— J'en doute fort, mais il n'y a aucune raison de rester ici en effet. Luke, vous feriez bien de l'emmener d'ici, sinon tout le monde va nous poser des questions embarrassantes.

— On n'a pas besoin de ça, madame Covey, répliqua Luke, qui prit madame Zosina dans ses bras sans effort apparent, car elle n'était pas bien lourde, pour l'emmener au-dehors.

Mme Covey le suivit en jetant un regard furtif sur les gens qui attendaient. Elle se demandait manifestement s'ils avaient remarqué l'incident. La roulotte, dont Mme Covey se hâta d'ouvrir la porte, n'étais pas loin. Luke gravit les marches avec son fardeau qu'il déposa sur le lit. L'intérieur était garni de jolis meubles et un châle espagnol aux superbes broderies s'étalait sur le couvre-pieds.

— Luke, retournez à la tente, dit Mme Covey d'un ton péremptoire, et ramassez les tickets. Si elle n'est pas mieux dans un moment, vous devrez rembourser tous ces gens qui attendent.

— D'accord, madame Covey. Mais je sais pas bien quoi leur dire.

— Ne leur dites rien du tout ! ajouta brutalement Mme Covey.

Odella s'était agenouillée auprès de la voyante toujours inconsciente. Elle la débarrassa de sa couronne et des voiles qui recouvraient sa chevelure. La teinture rousse accentuait encore l'aspect grotesque de son visage ridé. Luke était sorti et Mme Covey en profita pour demander à la jeune fille :

— Dans quel état est-elle ?

— Je pense qu'elle sera sur pied dans quelques heures, et en tout cas demain matin.

— Demain matin ! répéta Mme Covey d'un air horrifié. Que vais-je bien pouvoir dire à ceux qui viennent la consulter ?

— Justement, j'allais vous proposer de vous aider. Je pourrais peut-être la remplacer.

— Vous ? Vous y connaissez quelque chose ?

— Il se trouve que je suis aussi diseuse de bonne aventure. Je ne suis pas célèbre, comme madame Zosina, mais dans mon village tout le monde sait que mes prophéties se réalisent. L'été, je prédis l'avenir aux ventes de charité, et l'hiver aux bals ou aux réceptions.

Mme Covey avait l'air suffoqué. Elle avait dû être jolie femme en son temps, avec son corps musclé d'ancienne écuyère, mais à l'approche de la cinquantaine, son visage se fanait et les rides s'accentuaient autour de ses beaux yeux.

— Vous croyez-vous vraiment capable de prendre la place de madame Zosina ? C'est une voyante réputée qu'on vient voir de très loin.

— Je ne voudrais certes pas vous décevoir. Croyez-moi, je sais dire la bonne aventure. Si je porte les vêtements de madame Zosina, les clients ne soupçonneront jamais que ce n'est pas elle qui leur prédit l'avenir.

— Ma foi, je dirais bien que c'est le ciel qui vous envoie, car ce soir nous attendons la foule des grands jours. Il y aurait sûrement du tapage si les gens devaient renoncer à dépenser leur argent de cette façon.

— Il serait dommage de les décevoir en effet.

Je n'ai rien de mieux à faire ce soir et je serai ravie de vous tirer d'embarras.

— Nous vous paierons, naturellement. Grand merci de votre obligeance.

— Les curieux vont bientôt demander ce qui se passe. Vous allez vite m'aider à m'habiller.

Tout en disant ces mots, elle se mit à enlever son chapeau et vit à son grand soulagement Mme Covey débarrasser prestement de son costume la femme qui gisait inconsciente sur le lit. C'était une sorte de long manteau sous lequel elle était simplement vêtue d'un corsage et d'un jupon assez semblables à ceux que la jeune fille portait sur elle. Elle avait espéré garder sa robe noire, mais Mme Covey se mit à la déboutonner dans le dos avec l'intention manifeste de la lui ôter. En un clin d'œil elle passa la robe scintillante qui avait fait un effet si spectaculaire sur les badauds, tandis que madame Zosina parcourait les rues de la ville. Mme Covey drapa le voile aux couleurs chatoyantes sur la tête d'Odella et posa par-dessus la couronne de pacotille étincelante garnie de plumes cramoisies. Elle recula ensuite d'un pas pour examiner son œuvre d'un air satisfait.

— Personne au monde ne peut deviner que vous n'êtes pas la vraie Zosina, dit-elle d'une voix convaincue.

— Où est le *yachmak* ?

Mme Covey ramassa le morceau de tissu étalé sur le plancher.

— C'est le nom que vous lui donnez ? Moi, j'appelle ça un cache-nez.

Elle éclata de rire et la jeune fille rit de bon cœur à son tour, sans oublier d'ajouter :

— Si madame Zosina n'a pas encore retrouvé ses esprits quand j'aurai fini, je ferais mieux de passer la nuit chez elle. Il vaut mieux que nul n'apprenne qu'elle a été remplacée, même parmi les employés du cirque.

— C'est vraiment très aimable à vous. De plus vous avez mille fois raison. Il suffirait d'une parole imprudente et la nouvelle se répandrait comme une traînée de poudre.

Elle leva les bras au ciel avant de poursuivre :

— Si la moitié de Portsmouth était au courant de l'indisposition de madame Zosina, les réservations diminueraient d'autant, c'est moi qui vous le dis !

— Alors sachons tenir notre langue. Je vais retourner à la tente et même Luke sera persuadé que madame Zosina a retrouvé toutes ses facultés.

— Oh, ne vous faites pas de souci pour Luke ! Je veillerai à ce qu'il garde tout ça pour lui.

Elle jeta un coup d'œil circulaire.

— J'apporterai des couvertures et un oreiller. Le plancher sera plus confortable, si je puis dire. De toute façon vous nous rendez un fier service que je n'oublierai pas de sitôt.

— Je ferais bien de me dépêcher. Je vois beaucoup de gens se hâter vers la tente. Il est temps de me mettre à l'ouvrage. Le plus tôt sera le mieux !

— Vous êtes une brave fille et je vous promets que madame Zosina n'oubliera jamais le service que vous lui rendez.

Odella lui adressa un sourire contraint.

— C'est la première fois que je me déguise de

la sorte. Finalement, quand j'y pense, il me semble que la plupart des gens ont les mêmes soucis, car ils posent toujours les mêmes questions.

— Pardi, bien sûr ! Et vous leur dites ce qu'ils ont envie d'entendre.

Elle tendit la main à Odella qui était un peu gênée par ses longs vêtements flottants, et l'aida à descendre sans encombre de la roulotte ; après quoi elles se dirigèrent rapidement vers l'arrière de la tente. En entrant, la jeune fille perçut la rumeur inhabituelle des conversations de ceux qui auraient normalement dû attendre leur tour en silence. Luke leur avait sans doute annoncé un entracte après le départ du dernier client. Elle avait à peine pris place sur le trône doré qu'elle entendit en effet s'élever sa voix rauque :

— Madame Zosina va recevoir maintenant le monsieur du premier rang. Que tout le monde fasse silence s'il vous plaît !

Il n'eut pas besoin de le dire deux fois car le calme s'établit instantanément.

# 5

Odella commençait à se sentir très fatiguée. Elle avait reçu plus de vingt clients et l'effort qu'elle avait dû faire pour se concentrer sur le cas de chaque personne l'avait mise dans un état de tension extrême. Elle avait perdu la notion de l'heure, mais il devait être tard, car ses derniers visiteurs avaient manifesté le désir de rentrer chez eux rapidement.

Elle était, de plus, affligée à la pensée que deux ou trois soldats venus la consulter ne vivraient pas vieux. Au moins, se disait-elle, ils mourraient en combattant, au lieu de périr noyés avant même de débarquer sur cette terre lointaine où le devoir les appelait. Dans les rares moments où elle n'était pas absorbée par l'avenir des hommes ou des femmes assis devant sa table, elle priait ardemment pour que l'entreprise du marquis fût au plus tôt couronnée de succès. Il devait absolument s'assurer que les vaisseaux dont les noms avaient été cités par madame Zosina ne quitteraient pas le port au jour et à l'heure indiqués. Mais elle n'éprouvait, hélas, aucune certitude, et l'angoisse se lisait sur ces visages tendus avidement vers elle. Tous lui posaient la même question :

— Oh, je vous en prie, dites-moi ce que l'avenir me réserve !

Elle entendit enfin la voix de Luke s'élever au-dehors :

— Allons, mesdames et messieurs, ce sera tout pour aujourd'hui. Ceux qui désirent consulter madame Zosina devront revenir demain.

Odella se renversa sur sa chaise avec un soupir de soulagement. Son dos lui faisait mal à force de se pencher pour scruter la boule de cristal. Mais elle se dit qu'il était temps d'aller voir où en était madame Zosina. Elle ramassa son sac à main qu'elle avait gardé près d'elle durant toute la consultation, se souvenant qu'il contenait une petite quantité de la drogue utilisée pour endormir la voyante et dont l'emploi pourrait se révéler nécessaire. Elle y gardait aussi, de peur de les oublier dans la fièvre du moment, les noms des navires à communiquer à l'agent.

Voyant que Luke semblait l'avoir complètement oubliée, elle sortit sans bruit par l'arrière de la tente. A une certaine distance, dans l'obscurité qui régnait désormais, elle distinguait vaguement les silhouettes des derniers spectacteurs qui s'éloignaient du grand chapiteau pour rejoindre la grand-route en riant et en devisant avec animation. Elle marcha d'un pas rapide jusqu'à la roulotte de madame Zosina, ouvrit la porte qui n'était pas fermée au verrou et entra. L'intérieur était sombre et silencieux. A tâtons, elle mit la main sur la lanterne qu'elle avait déjà repérée et alluma la chandelle. La lueur éclaira le corps de la voyante, toujours étendue sur le lit dans la position où elle l'avait laissée. Elle avait les yeux clos et paraissait aussi inconsciente que lorsque Luke l'avait déposée là, quelques heures auparavant. Sûre désormais de disposer du temps nécessaire, elle ôta son déguisement et le plia soigneusement sur une chaise. Elle enfila ensuite sa robe noire en se demandant combien de temps il lui faudrait attendre avant de voir apparaître l'agent chargé de collecter les renseignements réunis par madame Zosina. Il ne faisait aucun doute que si la voyante avait opéré ce soir-là comme d'habitude, d'autres navires se seraient trouvés en grand danger d'être envoyés par le fond, et avec eux les soldats qui attendaient à Portsmouth l'ordre d'aller combattre au-delà des mers.

Occupée qu'elle était à se changer, la jeune fille n'avait pas remarqué les couvertures qui s'entassaient avec un oreiller dans un coin de la roulotte. Elle découvrit aussi sur la table, proprement recouverts d'un torchon, quelques sandwiches ainsi qu'un verre de lait. Était-ce le repas habituel de madame Zosina ou devait-elle cette faveur à Mme Covey ?

Elle s'efforça d'avaler quelques bouchées sans y parvenir, car son émoi lui coupait l'appétit. L'heure approchait : elle allait rencontrer l'agent qui exigerait la communication des renseignements obtenus au cours de la consultation. Comme une lame de fond, l'horreur de la situation l'envahit soudain tout entière. La crainte d'être démasquée par la voyante sortant brusquement de son évanouissement était la plus forte, car sa vie serait alors en danger. Afin de parer à cette redoutable éventualité, elle ouvrit son sac à main pour en tirer l'enveloppe qui contenait la drogue destinée à madame Zosina, au cas où celle-ci reprendrait ses esprits. Elle fut alors intriguée en sortant le petit flacon de constater qu'il y avait autre chose dans l'enveloppe. Sa main tâtonna plus avant pour extraire enfin deux ou trois dragées minuscules dont l'usage lui était parfaitement inconnu.

Pourquoi le marquis les avait-il jointes à son envoi ?

Elle aperçut alors quelques mots écrits sur le sachet contenant les dragées :

*Pour le mal de gorge.*

Elle lut et relut sans comprendre. Puis la lumière se fit dans son esprit. Décidément le marquis pensait à tout ! Il avait prévu que l'agent remarquerait la voix différente de celle qu'il entendait d'ordinaire. Les dragées étaient donc destinées à lui donner une extinction de voix, et non à la guérir d'un éventuel enrouement.

« Il est très habile », se dit-elle. Mais elle fut alors saisie d'un frisson à la pensée que tout cela risquait de l'enfoncer un peu plus dans le bourbier du mensonge. Jetant un coup d'œil circulaire, elle aperçut une pendule de bazar apparemment en état de marche dont les aiguilles marquaient onze heures. Elle alla jusqu'à la fenêtre et constata que les lumières du grand chapiteau étaient éteintes. Seules quelques roulottes étaient encore faiblement éclairées. Odella devait se tenir prête à faire face à l'agent mystérieux qui pouvait se manifester à tout instant. Elle regretta de n'avoir pas eu la prévoyance de prendre une cape, car en dépit d'un printemps précoce les nuits étaient encore très fraîches. Tout au fond de la roulotte sur une patère pendait peut-être ce qu'elle cherchait. Elle décrocha le vêtement. C'était en effet un manteau noir à capuchon, ressemblant à une cape, que mettait probablement madame Zosina pour aller à la rencontre de l'agent de renseignements. Quoi qu'il en fût, elle décida qu'elle ferait bien de s'en servir. Elle pourrait ainsi dissimuler sous le capuchon sa blonde chevelure et au moins une partie de son visage. Le marquis avait bien affirmé qu'elle ne verrait sans doute pas celui de l'homme, mais rien n'était moins sûr. Il ne lui restait plus qu'à prier pour que la rencontre eût lieu dans l'obscurité. Dans ces conditions, elle ne pourrait certes pas le voir, mais lui ne pourrait pas davantage distinger ses traits.

Enveloppée dans le manteau et le capuchon rabattu sur la tête, elle se prépara à la longue attente. Elle avait noué le *yachmak* autour de son cou afin de pouvoir le remonter instantanément sur son nez. Puis elle eut une autre idée. Pour être certaine de ne pas se tromper, elle grava dans sa mémoire les noms des navires en les relisant de nombreuses fois ; après quoi elle souffla la chandelle et rejoignit à tâtons les couvertures et l'oreiller dont elle fit sa couche improvisée. Une fois installée, elle ne distinguait plus par les fenêtres que la faible clarté des étoiles. Seul était perceptible le bruit de la respiration régulière de madame Zosina, étendue immobile sur le lit.

« Je t'en prie, Mickie, viens à mon aide ! » se répétait Odella, qui sentait la peur l'envahir en dépit de tous ses efforts pour rester calme.

Une sorte de terreur devant l'imminence du péril montait de son cœur à ses lèvres et la paralysait. Quand l'agent viendrait, serait-elle seulement capable de lui adresser la parole ?

« Il ne va sûrement pas tarder », se dit la jeune fille. Elle prit une dragée qu'elle s'efforça de faire fondre le plus vite possible dans sa bouche, malgré son goût détestable. Elle essaya ensuite de dire à haute voix :

— Bonjour.

Aucun doute, sa voix rauque était méconnaissable.

« Je suis prête, pensa-t-elle, et j'attends. Il ne manque plus que l'espion ! »

Seule la peur qui l'étreignait l'empêchait d'éprouver une sorte de jubilation. Elle n'était après tout qu'une fille de la campagne dont l'existence avait été jusque-là totalement dépourvue du charme de l'aventure, et voilà qu'après avoir emprunté la défroque d'une cartomancienne, elle attendait dans une roulotte de saltimbanque la visite d'un espion français, un homme qui projetait d'anéantir les vaisseaux transportant les troupes destinées à renforcer les armées de Wellington !

C'était tout simplement fantastique, et pourtant, c'était la réalité.

« Je dois rester calme, il faut absolument que je fasse bonne figure, se dit la jeune fille. Mickie ne m'abandonne pas... viens à mon secours ! »

C'est alors que la porte fut ébranlée par un coup vigoureux. Odella se figea sur place, n'osant faire le moindre mouvement. Puis elle trouva la force de remettre le *yachmak* sur son nez, se mit lentement debout, et se traîna plutôt qu'elle ne marcha jusqu'à la porte, qu'elle ouvrit toute grande. Elle crut d'abord avoir mal entendu, car il n'y avait personne sur le petit escalier. C'est alors qu'elle aperçut sur le sentier qui menait à la grand-route, sans doute l'homme qui avait frappé. Avec difficulté, car la nuit était noire, elle distingua un peu plus loin les contours d'une voiture. Elle sut tout de suite ce qu'il fallait faire. Comme guidée par une invisible main, elle sortit de la roulotte, ferma la porte derrière elle, descendit les quelques marches, et suivit l'homme sans l'ombre d'une hésitation. Il la guettait, mais reprit aussitôt les devants en la voyant apparaître. Elle avança encore et constata qu'en effet, une voiture attelée de deux chevaux stationnait sur la route, tous feux éteints. L'homme se tenait debout près de la portière qu'il ouvrit dès qu'elle fut près de lui. L'intérieur était plongé dans une profonde obscurité en raison des épais rideaux qui masquaient totalement les vitres. On attendait d'elle, manifestement, qu'elle monte dans le véhicule. Tandis qu'elle s'exécutait, elle fut aussitôt saisie par une forte odeur de brandy, mêlée d'un parfum bizarre qu'elle ne put sur le moment reconnaître.

Une voix dit alors :

— Madame, asseyez-vous sur le strapontin.

Elle obéit, la portière se referma et l'obscurité devint complète. Odella tâtonna autour d'elle pour assurer son équilibre, et s'aperçut qu'une grande caisse occupait le siège voisin. Un froufroutement s'éleva de l'intérieur au moment où sa main heurtait la caisse, et elle laissa échapper une petite exclamation de frayeur.

— N'ayez pas peur, dit l'homme. Ce ne sont que nos petits amis emplumés. Ils ont souffert du mal de mer pendant la traversée.

Odella dut faire un effort presque surhumain pour retenir un cri de surprise. Elle comprenait maintenant ce qui déconcertait tant le marquis. Des amis emplumés ! Que n'y avaient-ils pensé plus tôt ?

Une autre voix se fit entendre :

— Je suis capable d'affronter le gros temps tout comme eux !

Odella, qui croyait n'avoir qu'un interlocuteur, découvrit avec stupeur qu'il y avait deux hommes sur la banquette arrière, ce qui expliquait pourquoi on l'avait fait asseoir sur le strapontin.

— La mer était très dure ? interrogea celui qui avait parlé le premier, et qui, d'après la jeune fille, devait être l'agent.

— *C'était formidable !*

Le deuxième homme, qui s'exprimait en français, poursuivit dans la même langue :

— *Elle ne comprend pas le français, j'espère ?*

— *Pas un mot,* répondit l'autre.

Il se pencha vers Odella, dégageant une odeur de brandy encore plus forte.

— Qu'avez-vous à m'apprendre, madame ? demanda-t-il. Désolé d'être en retard, mais comme vous venez de l'entendre, la mer était mauvaise.

Odella répondit dans un chuchotement rauque :

— J'ai les noms de deux navires, l'*Héroïque*, qui part vendredi, et le *Victorieux*, qui part samedi.

— C'est parfait. Cela nous fera deux splendides victoires !

— *Je vais bientôt vous en donner une troisième*, dit le Français dans sa langue maternelle. *Et ce sera une victoire plus grande que toutes celles que nous vous devons.*

— *Le Ciel vous entende*, répliqua l'agent, toujours en français. *Souvenez-vous cependant que Jacques et Henri ont déjà échoué dans la même tentative.*

— *Avec moi c'est autre chose*, rétorqua le Français. *J'ai mon invitation.*

Ces derniers mots furent prononcés avec un accent fanfaron, et Odella comprit qu'il avait dû boire plus que de raison. Elle reconnut à cet instant l'étrange odeur qui l'avait d'abord intriguée en se mêlant à celle du brandy. C'était le parfum de l'eau de mer dont ses vêtements s'étaient imprégnés durant la traversée agitée du Pas de Calais. L'agent s'adressa alors à la jeune fille en anglais :

— Voici votre récompense. Il y en aura d'autres demain soir si vous m'apportez de nouveaux renseignements.

Il tira de sa poche une bourse qu'il déposa sur les genoux d'Odella en disant :

— Dix livres sterling pour le premier navire, et en voici dix de plus pour le second.

Il commençait à fouiller dans une autre poche lorsque le Français l'interrompit :

— *Dépêchez-vous! Il est grand temps de partir.*

— *La chaise de poste vous attend,* dit l'agent. *Vous atteindrez facilement Londres demain dans l'après-midi.*

— *Je dois en être absolument sûr,* répliqua le Français. *Il serait ridicule de perdre du temps.*

L'agent remit à Odella le reste de la récompense, et se pencha pour frapper à la vitre. L'homme qui était dehors ouvrit aussitôt la portière. Le Français se glissa vivement dans l'ouverture et s'effaça discrètement dans l'obscurité. Odella supposa qu'il allait rejoindre la chaise de poste qui devait l'attendre aux environs. Non sans mal, elle réussit à quitter son étroit strapontin pour trouver à tâtons le marchepied et s'extraire enfin du véhicule. Elle n'avait pas plutôt mis pied à terre que l'homme claqua la portière, sauta sur son siège, saisit les rênes et enveloppa la croupe de ses chevaux d'un vigoureux coup de fouet. L'attelage partit au grand galop, soulevant un nuage de poussière et de gravier sur son passage.

Tout s'était passé si vite que la jeune fille resta là, au milieu de la route, avec pour seul témoin de la scène l'argent qu'elle tenait dans sa main crispée.

C'était fini ! Ils étaient partis !

Elle se mit à courir vers les arbres où devait se trouver l'autre voiture, terrifiée par ce qu'elle avait entendu, et surtout tenaillée par la crainte de ne pouvoir en faire un récit fidèle au marquis. Cette pensée lui donna des ailes, malgré les plis du long manteau noir qui entravaient sa course folle. Elle abaissa le *yachmak* qui l'empêchait de respirer, et rejeta le capuchon en arrière afin de mieux scruter la nuit. Par bonheur, la voiture était là. Le cocher devait l'avoir vue venir car il tenait la portière ouverte à son intention. La jeune fille hors d'haleine accepta son aide pour monter et s'affaissa aussitôt sur le siège, au bord de l'évanouissement. S'apercevant soudain d'une présence à l'intérieur, elle poussa un cri de terreur.

— Ce n'est rien, dit une voix tranquille. Ce n'est que moi.

C'était le marquis en personne. Éperdue de soulagement, Odella se jeta contre lui en balbutiant des mots incohérents :

— Oh... Mickie... Mickie... viens à mon secours ! Ils me tueront s'ils découvrent...

Les bras du marquis l'entourèrent. Il la sentait contre lui secouée de tremblements incoercibles. Il lui souleva les jambes pour les allonger sur la banquette, la berçant comme un enfant. La certitude que tout était fini et qu'elle se trouvait enfin en sécurité la fit éclater en longs sanglots désespérés. Il étreignit plus fort la jeune fille qui tremblait de tout son être.

— Allons, c'est fini, dit-il d'un ton apaisant. Tout va bien maintenant. Personne ne peut vous faire de mal.

Odella semblait avoir perdu l'usage de la parole. Ce n'est que lorsqu'elle perçut le roulement de la voiture qu'elle se força à sécher ses larmes.

— Je suis désolée, je suis vraiment désolée, murmura-t-elle, mais j'ai eu si peur. Je sais maintenant ce qui vous intriguait. Il se sert de pigeons.

— Des pigeons voyageurs ! Mon Dieu, comment n'y ai-je pas pensé plus tôt ?

— Ils étaient là, dans la voiture. Vous devez l'empêcher de les utiliser !

— Ne vous inquiétez pas. La voiture est suivie.

Il ajouta en étreignant Odella un peu plus fort :

— Comment diable ai-je pu être assez stupide pour ne pas y penser tout seul ? Il faut dire qu'il ne m'était jamais venu à l'idée qu'ils pouvaient être introduits ici dans un bateau de contrebandiers.

Se souvenant tout à coup d'autre chose, Odella s'écria :

— Il n'était pas seul avec les pigeons. Il était accompagné d'un Français qui a quitté la voiture avant moi pour disparaître dans l'obscurité.

— Un Français ? s'exclama le marquis très étonné.

— Oui, et quand l'agent a dit que les navires dont je lui avais donné les noms allaient lui offrir deux victoires, le Français a dit qu'il allait lui en apporter une autre encore plus grande !

Le marquis se raidit brusquement.

— Une plus grande victoire ? répéta-t-il. A-t-il précisé de quoi il s'agissait ?

— Non, mais lorsque l'agent lui a dit « Jacques et Henri ont échoué », il a répondu qu'il réussirait parce qu'il avait « une invitation ».

Le marquis resta un instant silencieux. Puis il demanda :

— A-t-il dit autre chose ?

— Non, si ce n'est qu'il était pressé. L'agent lui a assuré qu'une chaise de poste était à sa disposition et qu'il serait à Londres demain après-midi.

Le marquis réfléchit un moment avant de reprendre :

— Il s'exprimait en français. Avez-vous remarqué quelque autre détail le concernant ?

— Je ne pouvais distinguer ses traits, pas plus que ceux de l'agent. L'intérieur de la voiture était sombre car les rideaux étaient tirés.

— Mais vous écoutiez ?

— Oui... le Français buvait beaucoup de brandy. Il y avait aussi l'odeur des embruns que je n'ai pas pu identifier tout de suite. La mer était mauvaise et ses vêtements devaient être humides.

— Et sa voix ? Rien à dire de sa voix ?

— C'était une voix grave sauf quand il a commencé à se vanter. Elle s'est alors faite plus aiguë et, oui, c'est cela, il avait l'accent de Paris.

— Vous-même parlez le français avec l'accent parisien ?

— Oui, ma mère insistait beaucoup pour que l'on m'enseigne le français comme on le parle à Paris, même si cela me semblait parfois bien peu patriotique.

— Néanmoins, elle a bien fait et son insistance acquiert aujourd'hui une valeur inestimable. Nous devons lui en être reconnaissants.

Odella s'essuya les yeux du revers de la main, ce que voyant, le marquis prit un mouchoir dans sa poche et le lui tendit.

— Je suis désolée d'avoir pleuré, dit-elle, mais...

Elle s'interrompit brusquement, s'apercevant qu'elle était toujours dans les bras du marquis. Elle était à demi étendue sur ses genoux, tandis que sa tête reposait sur son épaule. Il faisait sombre, et elle n'avait pour le moment aucun désir de quitter cette posture confortable. La présence rassurante du marquis lui donnait un sentiment d'absolue sécurité.

Elle avait déduit des paroles du Français que celui-ci avait bel et bien l'intention de tuer quelqu'un. Cette perspective lui avait donné un véritable coup au cœur et la douleur avait persisté jusqu'au moment où la voiture avait disparu dans la nuit au grand galop, lui laissant la vie sauve.

— Je n'ai pas l'intention de vous effrayer, dit alors le marquis, mais vous avez déjà deviné où est notre devoir.

Odella poussa un petit cri.

— Oh non ! je ne puis en faire davantage ! Je suis, autant dire, morte de peur. S'ils avaient su que je comprenais le français, je sais bien qu'ils m'auraient tuée !

— J'ai juré de vous protéger, et je continuerai. Mais vous comprenez bien, Odella, que vous seule pouvez sauver Son Altesse Royale.

Le silence se fit brusquement. Au bout d'un instant la jeune fille balbutia d'une voix presque inaudible :

— Vous avez bien dit Son Altesse Royale ?

— Je crois que c'est la personne que le Français veut assassiner. Les deux hommes cités par l'agent ont tenté de le faire, mais ils furent pris sur le fait et exécutés.

— Pensez-vous que ce Français puisse réussir ?

— Pas si nous pouvons le démasquer.

— Comment y parvenir ?

Elle devait appréhender la suite, car le marquis s'aperçut qu'elle était reprise de tremblements convulsifs.

Il l'étreignit plus fort.

— Écoutez-moi bien, Odella, dit-il calmement. Tout ce que vous devez faire, c'est m'accompagner à Londres pour assister à la réception donnée demain soir par le prince-régent.

Il marqua une pause avant de poursuivre :

— Ce n'est pas une grande réception comme celles qu'il donne d'habitude. Il y aura cependant assez de monde pour qu'un Français ayant assez d'entregent pour se faire inviter à Carlton House, parvienne à le tuer dans un moment d'inattention.

— Vous n'avez pas besoin de moi pour l'en empêcher !

— Comment pourrai-je le reconnaître n'ayant pas entendu sa voix ?

— Mais je ne puis en faire plus. J'ai eu si peur et j'ai encore si peur !

Les mots se bousculaient sur ses lèvres et elle cacha son visage dans le giron du marquis.

— Vous venez de faire preuve d'un merveilleux courage, dit-il doucement. Aucune femme de ma connaissance n'aurait été capable de tant de patriotisme, ni de tant d'abnégation !

Odella en perdit le souffle. Il était impossible de se méprendre sur la sincérité du marquis. Elle abaissa les paupières pour s'interdire une nouvelle crise de larmes, et dit dans un souffle :

— Je ferai ce que vous me demandez. Mais j'aurai besoin de votre aide.

— Elle vous est acquise. Je ne vous quitterai

pas et personne ne vous fera du mal, je vous le promets.

Ils se turent. Odella se rendit compte que les chevaux galopaient à bride abattue. Comme une fillette craintive, elle demanda d'une voix pathétique :

— Où allons-nous ?

— Chez moi, car vous êtes censée passer la nuit chez Mme Grayson et vos domestiques ne comprendraient pas les raisons de votre retour.

— Et quand arriverons-nous là-bas ?

— Nous repartirons directement pour Londres. Ce sera un voyage inconfortable, mais je ferai de mon mieux pour vous le rendre moins pénible. Maintenant vous devriez essayer de dormir.

Odella ne trouva plus rien à dire. Elle aurait voulu faire remarquer qu'un tel voyage, seule en compagnie du marquis, était impossible, mais elle s'avisa que ce souci des convenances semblerait bien futile après tout ce qu'elle avait déjà fait pour lui. Elle réalisa cependant à quel point il était inconvenant de se retrouver ainsi dans les bras d'un homme qu'elle connaissait à peine et qui pourtant semblait maintenant remplir toute sa vie. Elle fit un léger mouvement. Comme s'il eût deviné sa pensée, il l'écarta de lui pour l'installer sur la banquette et disposa sur ses genoux une couverture doublée de fourrure. Il prit ensuite une de ses mains dans les siennes, en disant :

— Nous allons devoir déployer beaucoup d'astuce, vous et moi. Vous devez vous rappeler chaque mot, chaque intonation du Français, afin de reconnaître sa voix dès que vous l'entendrez.

— J'essaierai, je vous jure d'essayer, promit Odella.

— Je voudrais encore vous poser une question, dit le marquis sur un autre ton.

— De quoi s'agit-il ? s'enquit la jeune fille d'une voix alarmée.

— Quand vous êtes montée dans la voiture tout à l'heure, vous m'avez appelé Mickie. Puis-je savoir pourquoi ?

— Je pensais à lui parce que c'est à lui que tout le jour j'avais demandé conseil.

— Qui est-ce donc ?

Sa voix était dure et elle crut qu'il la soupçonnait d'avoir parlé de leur secret à quelqu'un d'autre.

— C'est un personnage que j'ai créé de toutes pièces lorsque j'étais enfant. Aujourd'hui, il est devenu, en quelque sorte, mon ange gardien.

— Votre ange gardien ! répéta lentement le marquis. Comme c'est étrange ! Autrefois ma mère m'appelait toujours Mickie.

Odella ouvrit de grands yeux.

— Votre mère vous appelait Mickie !

— Mon nom de baptême est Michael.

— Oh... !

Elle ne trouva rien à ajouter. Ainsi par un extraordinaire concours de circonstances, Mickie, le compagnon de jeux, l'ami fidèle, l'ange tutélaire et le marquis devenaient une seule et même personne. Il n'y avait pas de mots pour expliquer une telle coïncidence, sauf peut-être le hasard. C'est alors qu'une grande main emprisonna plus étroitement la sienne et elle sut que ce n'était pas le hasard.

Il ne leur fallut pas plus d'une demi-heure pour atteindre le château de Midhurst et quand ils arrivèrent, Odella dormait profondément. Lorsque le marquis s'était aperçu qu'elle luttait contre le sommeil, il avait encore une fois déplacé la jeune fille qui était à présent complètement étendue sur la banquette, un coussin sous la tête et la couverture tirée jusqu'au menton. Voyant qu'elle était recrue de fatigue, le marquis s'était assis sur le strapontin. Il devina qu'elle n'avait guère dormi la nuit précédente et le drame qui venait de se dérouler n'avait certainement fait qu'aggraver encore son état d'épuisement.

La voiture s'arrêta au pied d'un escalier de pierre qui conduisait à la porte d'entrée. Le marquis descendit et ordonna à un valet de pied d'aller quérir l'intendante.

— Mme Briggs est déjà sur le palier, monsieur le marquis, répliqua le jeune garçon, au cas où vous auriez besoin d'elle.

Le marquis ne dit rien et se pencha à l'intérieur de la voiture pour soulever Odella dans ses bras. Elle était si légère qu'il gravit sans effort les degrés de pierre, traversa rapidement le vestibule et porta son précieux fardeau jusqu'au premier étage, en haut du grand escalier de bois sculpté. Mme Briggs était déjà là. Elle ne posa pas de questions quand elle vit que son maître tenait une jeune femme dans ses bras et se contenta de le précéder jusqu'à l'une des chambres d'ami dont elle ouvrit la porte. Un valet suivait en portant un flambeau. Le marquis déposa délicatement Odella sur le lit.

— Laissez la jeune fille se reposer pendant que je me restaure, dit-il.

— Dois-je la déshabiller, Monsieur ? demanda Mme Briggs.

Le marquis fit signe que non.

— Nous partirons pour Londres dès qu'on amènera des chevaux frais. Faites mettre des oreillers et des couvertures dans le cabriolet.

— A vos ordres, Monsieur.

Mme Briggs s'éloigna précipitamment.

Le marquis s'attarda dans la pièce pour contempler Odella endormie. Le mélange de charme, de jeunesse et d'innocence qui caractérisait cette jeune fille était certainement rarissime dans le monde cruel et dépravé de l'époque. Elle avait de surcroît fait montre d'un extraordinaire courage qu'aucune femme ne pourrait jamais égaler.

Comme ce n'était pas le moment de s'attarder, il sortit de la chambre et dévala l'escalier pour aller donner ses ordres.

## 6

Odella se demandait quelle fantaisie prenait à son lit de galoper ainsi autour de la chambre. Elle ouvrit les yeux et se crut toujours dans son rêve car, bien qu'étendue de tout son long, elle apercevait le marquis assis pratiquement à ses pieds. Elle réalisa alors peu à peu qu'elle se trouvait à l'intérieur d'un cabriolet lancé à toute allure. Elle gémit faiblement, et le marquis tourna aussitôt la tête pour la regarder.

— Où suis-je ?

— Nous sommes en route pour Londres. Vous ronflez depuis le départ et je me demandais si vous alliez vous réveiller un jour !

— Je ne ronfle jamais ! rétorqua-t-elle avec indignation. Puis elle comprit qu'il avait seulement voulu la taquiner.

— Vous étiez sage comme une image, mais vous n'avez aucune raison de rester éveillée. Détendez-vous et reprenez votre sommeil interrompu. Rassurez-vous, je vous mènerai à bon port.

Odella avait peine à croire qu'il l'eût portée

dans ses bras de la voiture qui les avait amenés de Portsmouth jusque dans le cabriolet. Elle se souvenait d'avoir pleuré et aussi des paroles de réconfort qu'il lui avait prodiguées. Et voilà qu'ils étaient sur la route de Londres pour essayer de sauver la vie du prince-régent.

Comme s'il devinait les pensées qui s'agitaient dans sa tête, le marquis dit brusquement :

— Vous n'avez aucun souci à vous faire. J'ai tout organisé. A défaut d'autre chose, j'espère que Carlton House vous plaira.

— Voulez-vous dire qu'il faut que j'aille là-bas ?

— Nous allons à une réception donnée par Son Altesse Royale. Je croyais être trop occupé à Portsmouth pour y assister. Mais tout est changé maintenant, je vais vous y conduire, et vous ne serez pas déçue du spectacle.

— Mais comment vais-je pouvoir ? commença la jeune fille, qui pensait tout à coup à sa toilette.

Elle se rappela soudain que Mme Barnet avait mis une robe du soir dans la malle qu'elle prétendait emporter avec elle chez Mme Grayson. La perspective de visiter Carlton House, dont elle avait tant de fois entendu parler, n'était pas non plus dépourvue d'attraits. Elle se renversa sur les oreillers que le marquis avait entassés derrière elle et s'aperçut alors qu'elle n'était pas vêtue du long cache-poussière noir de madame Zosina, mais d'un autre manteau doublé de fourrure et bordé d'hermine. Ce vêtement lui tenait bien chaud, de même que la couverture de fourrure qui lui enveloppait les pieds. Le cabriolet était si étroit que seule sa petite taille lui permettait de reposer ainsi, à demi allongée sur le siège, malgré la présence du marquis à ses côtés. A l'arrière, un laquais se cramponnait comme il pouvait dans une posture précaire autant qu'inconfortable. Elle connaissait ce type de véhicule pour avoir vu celui de son oncle lorsqu'il rendait visite à son père. Avec un peu de chance, le laquais devait disposer d'une capote pour s'abriter de la pluie. Mais elle ne pouvait pas le voir, et c'était un étrange sentiment de rouler ainsi en compagnie du marquis, à une vitesse folle. Il conduisait les quatre chevaux attelés au cabriolet avec une habileté qui n'eût pas manqué d'impressionner son père. Le col de son pardessus montait très haut, son profil se détachait sur l'azur sombre de la nuit et elle se convainquit une nouvelle fois que c'était le plus bel homme qui ait jamais hanté son imagination. Il était en tous points semblable à l'idée qu'elle se faisait de Mickie, quoique, naturellement, ce dernier ne se fût jamais matérialisé devant elle.

— Nous avons de la chance, observa le marquis, car la lune s'est levée, de sorte que nous roulons aussi facilement qu'en plein jour.

— Nous faudra-t-il longtemps pour atteindre Londres ?

Elle se souvenait des paroles de l'agent disant au Français qu'il arriverait le lendemain dans l'après-midi.

— Pas à cette allure. Bientôt nous changerons de chevaux et vous pourrez vous restaurer. Je suis sûr qu'après toutes ces épreuves vous devez mourir de faim.

Odella se rappela tout à coup qu'elle n'avait pas

touché au verre de lait, pas plus qu'aux sandwiches préparés à son intention chez madame Zosina, car la peur lui avait littéralement coupé l'appétit. En revanche, à cette heure, elle se sentait l'estomac vide et se dit qu'il serait bien agréable de se mettre quelque chose sous la dent, encore qu'au milieu de la nuit le risque fût grand de faire maigre chère.

Sous la clarté de la lune, le spectacle était féerique. La route déroulait devant eux ses lacets comme un éclair d'argent. Le marquis conduisait adroitement son attelage magnifiquement entraîné, de manière à prévenir les cahots et les oscillations de la voiture. Adossée à ses coussins, Odella se disait qu'elle n'était pas près d'oublier cette aventure, dont elle écrirait peut-être un jour le récit. Elle essaya de ne pas penser à ce qui les attendait au bout du voyage, car elle avait très peur de ne pas reconnaître la voix du Français. Si celui-ci parvenait à tuer le prince-régent, elle serait la seule coupable et se le reprocherait toute sa vie.

— Cessez de vous tracasser ! dit posément le marquis. Profitez de cette nuit magnifique et soyez certaine qu'aucun pigeon voyageur ne s'envolera de Portsmouth aujourd'hui, pas plus que les jours suivants !

— Êtes-vous sûr que vos hommes ont attrapé l'agent ?

— On m'assure que ce sont les meilleurs de la place. Je refuse de croire que vos brillants efforts pourraient ne pas être couronnés du succès qu'ils méritent.

Odella resta quelques instants silencieuse avant de poser une autre question :

— Et qu'adviendra-t-il de madame Zosina ?

— On l'a arrêtée dans sa roulotte et conduite en prison.

La jeune fille poussa un petit cri.

— On ne va pas l'exécuter ?

— Ce ne sont pas vos affaires. Oubliez cette misérable pour ne plus penser qu'à vous faire belle afin d'éblouir Carlton House.

A sa grande surprise, Odella se mit à rire.

— Croyez-vous vraiment qu'une fille de la campagne, qui n'est jamais allée à la moindre réception londonienne, soit capable de briller au milieu des beautés irrésistibles qui forment l'entourage du prince-régent, à ce qu'on m'a dit ?

Elle prononça ces mots d'un ton modeste et avec une sincérité dépourvue de toute affectation. Le marquis trouva que, là encore, elle différait sensiblement des autres femmes et que, de plus, elle ne manquait pas d'humour.

— Je vous promets que votre éclat ne passera point inaperçu. Et si vous craignez que votre robe ne soit pas assez élégante, nous vous en trouverons une plus belle, quitte à l'emprunter, ou même à la voler !

Le rire d'Odella s'éleva de nouveau.

— Je ne m'étonne plus de votre réputation de gagneur de batailles. Mon père dit toujours qu'il faut avoir confiance en soi pour réussir dans la vie.

Le marquis approuva cette idée, non sans se demander si elle ne péchait pas par excès d'optimisme. Cette jeune fille serait-elle effectivement capable de reconnaître la voix d'un homme, un étranger de surcroît, entendue quelques secondes à peine dans l'obscurité ? Sous l'empire de la frayeur, elle devait avoir eu le plus grand mal à penser à autre chose qu'aux dangers qu'elle courait.

Il songeait, tout en conduisant, que le destin s'était mis de la partie. Il était arrivé à Portsmouth persuadé que le Premier ministre et le vicomte Castlereagh lui avaient confié une tâche impossible et que ses chances de succès étaient minces, pour ne pas dire inexistantes. Depuis des mois, tous les services tentaient vainement de découvrir pourquoi les navires, qui attendaient la nuit tombée pour lever l'ancre, n'en étaient pas moins attaqués par la flotte française dès qu'ils atteignaient la pleine mer. Personne n'avait encore imaginé que de simples pigeons voyageurs fussent en mesure de transmettre aux Français ces renseignements en moins d'une nuit. C'est alors que, sans même lui laisser le temps de commencer ses recherches, ou d'expliquer au comte de Portsmouth les raisons de sa venue, Odella était apparue soudain, avec l'annonce sensationnelle de sa découverte d'un espion.

« Elle est arrivée à point nommé, comme un véritable cadeau des dieux », se dit le marquis, qui se sentait l'obligé de la jeune fille au point de vouloir à tout prix lui faire passer une soirée exceptionnelle à Carlton House. Au surplus la beauté qui l'avait déjà subjugué ne passerait certainement pas inaperçue. Puis il se dit qu'il ne fallait surtout, ni l'intimider, ni gâcher son plaisir. Il examina ce charmant visage qui lui apparaissait distinctement sous les rayons de la lune et dont les grands yeux semblaient refléter toutes les étoiles du firmament.

« Elle est absolument adorable ! » songea-t-il.

Il lui fallait pourtant se garder de la laisser s'amouracher de lui, comme tant d'autres. La fille d'un recteur de campagne ne pouvait pas jouer le moindre rôle dans sa vie, mais il ne voulait pas pour autant l'abandonner, le cœur brisé peut-être, lorsqu'il n'aurait plus rien à en tirer.

Il n'y avait aucune vanité dans ce raisonnement, seulement de la franchise vis-à-vis de lui-même. Il savait d'expérience que presque toutes les femmes, à l'instar de lady Georgina, tombaient éperdument amoureuses dès qu'il levait les yeux sur elles. Mais entre lady Georgina, dont il avait fait sa maîtresse, et la pure jeune fille sortie du presbytère, il y avait une grande différence.

Le marquis savait qu'il devrait un jour prendre femme, ne fût-ce que pour perpétuer son nom. Mais rien ne pressait, et après ces dures années de guerre, il avait surtout envie de profiter encore quelque temps de sa vie de garçon. Jusqu'alors les femmes lui avaient paru semblables à de belles fleurs dont il effeuillait un à un les pétales tant que durait la floraison. Elles se résignaient plus ou moins volontiers à le voir aller butiner d'autres fleurs lorsqu'elles voyaient leur propre éclat se faner. Le marquis s'était toujours arrangé pour rompre aussitôt qu'une belle commençait à l'ennuyer, et tout comme lady Georgina, la plupart des femmes savaient par avance, qu'elles devaient renoncer à l'espoir de le garder éternellement. Il y avait parfois des pleurs et des grincements de dents, mais le marquis n'en avait cure, comptant cyniquement qu'il y aurait toujours un autre homme pour prendre le relais.

Il en allait tout autrement dans le cas d'Odella. Il était assez perspicace pour comprendre que celle-ci ne tomberait pas amoureuse de la même manière que lady Georgina. Elle considérait sûrement l'amour avec « un grand A » comme un sentiment sacré. Qu'attendrait-elle d'autre en effet de la part d'un homme qu'elle confondait dans son esprit — à moins que ce ne fût dans son cœur — avec son ange gardien ?

« Je dois faire très attention à ne pas la blesser, se dit le marquis. De retour au presbytère, elle ne devra conserver de son aventure que de bons souvenirs, qu'elle pourra évoquer plus tard avec son mari pendant les longues soirées d'hiver. »

Les chevaux entrèrent au grand galop dans la cour d'un relais de poste. Odella qui n'avait rien dit depuis un moment demanda :

— Allons-nous faire halte ici ?

— Je vous ai promis de vous offrir de quoi vous restaurer.

— Mais tout le monde doit dormir à cette heure ?

Il tira sur les guides en souriant, tandis que deux garçons d'écurie arrivaient au pas de course.

— J'avais envoyé un cavalier à travers champs pour avertir de notre arrivée. Je serais très contrarié si mes ordres n'avaient pas été suivis !

— Vous pensez à tout !

— C'est surtout à vous que je pense pour l'instant. Dépêchez-vous d'entrer, je crois qu'une femme de chambre vous attend.

Une domestique attendait en effet, et conduisit Odella dans une chambre où brûlaient déjà des bougies. Un broc d'eau chaude fumait sur la table de toilette. Elle eut alors la chance d'examiner pour la première fois le manteau qu'on lui avait prêté. Il était en velours bleu roi, bordé d'hermine et doublé de fourrure douce et chaude. Elle s'en débarrassa en regrettant de n'avoir que sa simple robe noire à porter sous ce somptueux vêtement. Mais elle ne s'attarda guère à ces détails, sachant que le marquis était sûrement pressé de repartir pour Londres. Lorsqu'elle redescendit, on la conduisit dans un cabinet particulier. Une table était dressée devant la cheminée où brûlait un grand feu de bois. Le marquis était fort élégant dans ses pantalons de couleur champagne très ajustés, avec des bottes à la Souvarov qui brillaient comme un miroir. Il sourit à la jeune fille et dit en lui avançant une chaise :

— Asseyez-vous, Odella. J'ai commandé des plats qui seront, j'espère, à votre goût, puis nous repartirons.

Le potage brûlant était exquis, et la cuisson de la truite était parfaite. On servit du champagne pour accompagner le tout. Odella n'en avait bu que deux ou trois fois, à l'occasion de Noël ou de goûters d'anniversaire. Elle avait tellement faim qu'elle fit honneur à la cuisine et mangea tout ce qu'il y avait dans son assiette. C'était délicieux de se retrouver ainsi confortablement installée en face d'un bon feu. Profitant de l'absence des serviteurs entre les plats, le marquis interrogea la jeune fille :

— Je suis curieux de savoir, Odella, pourquoi votre mère tenait tant à vous faire apprendre le français.

— Elle trouvait que les façons insulaires des Anglais en voyage sont insupportables — ceci se passait avant la guerre bien entendu — quand ils ne prennent même pas la peine de pratiquer la langue des pays qu'ils visitent.

— Je pense qu'elle avait raison.

— On m'a donc enseigné le français, et aussi l'espagnol.

Le marquis allait exprimer tout haut sa surprise, mais elle continua :

— De plus, comme papa n'avait pas de fils, et qu'il souhaitait que je l'aide dans ses recherches, il m'a enseigné le latin et le grec. J'ai toujours caressé l'espoir de visiter un jour la Grèce.

Le marquis était abasourdi. Aucune femme autour de lui n'avait reçu d'éducation comparable. Il ne pouvait aborder les sujets qui le passionnaient, comme la littérature ou la géographie, qu'avec les hommes. Il se dit qu'il aimerait bien prendre le temps d'évoquer toutes sortes de sujets avec Odella, mais il désirait reprendre la route de Londres au plus tôt, afin d'arriver là-bas en un temps record.

Emmitouflée dans son manteau bien chaud, Odella remonta dans le cabriolet, mais cette fois elle s'assit à côté du marquis, et disposa la couverture de fourrure sur ses genoux. Les chevaux frais partirent à toute allure dans un bruit d'enfer qui rendait toute conversation pratiquement impossible. Plus tard ils changèrent encore d'attelage, mais cette fois le marquis n'autorisa qu'un arrêt de cinq minutes. L'aurore effaçait la lune dans le ciel, les étoiles disparaissaient une à une et bientôt, vers l'est, les premiers rayons du soleil enflammèrent l'horizon. Le spectacle était si merveilleux qu'Odella croyait voyager au pays des songes. Les problèmes de l'avenir immédiat avaient laissé la place au bonheur de vivre. Sans s'en rendre compte, elle se rapprocha imperceptiblement du marquis, qui lui jeta un coup d'œil en disant :

— Tout va bien ? Vous n'êtes pas trop fatiguée ?

— Je pensais que tout cela est un véritable enchantement.

Il y avait dans sa voix une note d'extase qui n'échappa pas au marquis.

— Nous allons faire en sorte qu'il en soit ainsi. Nous partons en croisade afin de protéger les bons et détruire les méchants.

— C'est mon vœu le plus cher, dit Odella dans un murmure.

L'expression de son regard était éloquente tandis qu'elle prononçait ces derniers mots. Il comprit qu'elle voyait en lui un chevalier partant pour la bataille, vêtu de son armure éblouissante.

« Je dois éviter de lui faire du mal, se dit-il. Il ne faut pas qu'elle perde ses illusions, ni du fait de la tâche qui nous attend... ni à cause de moi. »

Il était huit heures du matin et le soleil était déjà bien haut dans un ciel dégagé. Le marquis fit tourner son équipage dans Berkeley Square et s'arrêta devant une maison de belle apparence.

Un tapis rouge fut immédiatement déroulé sur le trottoir par une armée de serviteurs en élégante livrée sous les ordres d'un vénérable maître d'hôtel. La jeune fille sortit du cabriolet avec l'aide du marquis et ils franchirent ensemble le seuil de l'imposante demeure.

— Bonjour, monsieur le marquis, dit le maître d'hôtel d'un ton respectueux. Les ordres de Votre Seigneurie sont arrivés il y a une heure.

Le marquis approuva d'un signe de tête et conduisit Odella en haut de l'escalier. Dans un frou-frou de soie noire, la châtelaine d'argent à la ceinture, l'intendante les guettait impatiemment sur le palier. Elle fit une révérence devant le marquis qui lui dit aimablement :

— Bonjour, madame Peel. Vous avez préparé une chambre pour mademoielle Wayne ?

— Effectivement, monsieur le marquis.

Elle les précéda dans le couloir pour ouvrir bientôt une porte donnant sur une grande chambre à coucher. Tandis qu'Odella se disposait à lui emboîter le pas, le marquis la retint en disant d'une voix qui se voulait autoritaire :

— Vous allez vous mettre au lit tout de suite et dormir jusqu'à ce soir. Je vous rappelle que nous veillerons tard et je tiens à ce que vous soyez fraîche et reposée.

La jeune fille inclina docilement la tête et il poursuivit :

— Nous prendrons ensemble le thé dans le boudoir. A ce moment-là, je vous dirai très exactement ce que j'ai découvert.

Il baissa le ton machinalement en disant ces derniers mots. Arrivé à la porte de la chambre où attendait Mme Peel, il poursuivit son chemin sans s'arrêter. Odella réprima difficilement une forte envie de s'accrocher à lui pour le supplier de rester près d'elle. Mais elle était déjà dans la pièce dont Mme Peel avait refermé la porte.

— Laissez-moi vous aider à vous déshabiller, Mademoiselle, dit cette dernière. Le valet de pied va vous apporter votre malle ainsi que votre petit déjeuner, comme Sa Seigneurie l'a ordonné.

Décidément, se dit Odella, il était beaucoup plus facile de suivre aveuglément les ordres de Sa Seigneurie que d'avoir soi-même à se soucier de ces préoccupations. Elle dévora le repas qu'on venait de lui servir avant de se mettre au lit bien sagement. Mme Peel abaissa les stores et tira les lourds rideaux pour plonger la chambre dans l'obscurité. Odella comptait sur l'évocation de ses récentes aventures pour la tenir éveillée, mais elle s'endormit presque aussitôt.

Le marquis gagna sa chambre où son valet l'attendait. Il fit également honneur à son petit déjeuner avant de se dévêtir pour se coucher.

— Je vais dormir quatre heures, Watkins. Demandez que l'on me serve un repas léger dès mon réveil, que l'on tienne mon phaéton prêt à partir pour quatorze heures précises.

— Très bien, monsieur le marquis.

Watkins avait été l'ordonnance du marquis quand celui-ci se battait sous les ordres de Wellington. A l'expression de son maître et au son de sa voix, il comprit qu'il y avait « anguille sous roche ». Il était dévoré de curiosité mais trop bien élevé pour se permettre de poser des questions.

Il tenait simplement pour acquis que le marquis s'était vu confier une mission très importante et que Sa Seigneurie, comme toujours, sortirait victorieuse des pires épreuves. Au cours des années de guerre, le marquis avait pris l'habitude de profiter de la moindre occasion pour se détendre complètement, même s'il n'avait que deux ou trois heures devant lui. Il dormit donc d'un profond sommeil, jusqu'au moment où Watkins l'appela. Il s'éveilla aussitôt, conscient de l'importance vitale des moments qui allaient suivre. Il aurait besoin de toutes ses facultés pour faire face à la situation. Il semblait néanmoins parfaitement à l'aise quand il descendit au rez-de-chaussée, vêtu avec une extrême recherche et la cravate nouée très haut, à la dernière mode. Son phaéton l'attendait devant la porte, tiré par les deux splendides chevaux qu'il venait d'acheter. Il ne résista pas au plaisir de les admirer encore une fois, avant de grimper sur le siège en disant au maître d'hôtel :

— J'espère être de retour vers seize heures pour prendre le thé dans le boudoir avec mon invitée.

— Très bien, monsieur le marquis, répliqua le vieux serviteur, qui salua respectueusement le départ de son maître en admirant comme d'habitude l'incomparable élégance de ses manières.

Le marquis se rendit tout droit à Carlton House. En entrant dans la cour, il put constater qu'on était au milieu des préparatifs de la soirée. Un domestique vêtu de la livrée bleu nuit du prince-régent lui ouvrit la porte. Le marquis ne demanda pas à s'entretenir avec Son Altesse

Royale, mais avec son secrétaire, le colonel John McMahon.

— Le colonel est dans son bureau, monsieur le marquis, répondit le domestique qui avait reconnu le visiteur. Il est en compagnie de son adjoint.

— Conduisez-moi auprès de ces messieurs, ordonna le marquis.

Celui-ci n'ignorait pas que l'adjoint du colonel McMahon était le major sir Tomkins Turner, et qu'ils avaient tous deux servi dans le même régiment. Il lui serait sans aucun doute très utile. L'annonce de la visite du marquis surprit les deux hommes et le colonel McMahon se leva brusquement en disant :

— Je suis enchanté de vous voir ici, monsieur ! Pas plus tard qu'hier Son Altesse Royale a demandé de vos nouvelles et nous lui avons répondu que vous étiez à la campagne. Nous nous demandions si vous seriez des nôtres à la réception de ce soir.

— Je viendrai certainement, mais j'ai d'abord des choses graves à vous apprendre à tous deux.

Il serra la main du major tout en parlant, et ajouta :

— Ce que j'ai à vous dire est strictement confidentiel.

Les deux hommes ouvrirent de grands yeux, mais comprirent bien vite qu'il ne plaisantait pas. Le colonel McMahon alla jusque dans la pièce voisine dire à son secrétaire qu'on ne devait les déranger sous aucun prétexte. Il s'assura également que personne ne traînait dans les couloirs, car il savait d'expérience que les serviteurs écoutaient souvent aux portes. Ce n'était pas une curiosité malsaine qui les poussait, mais plutôt le désir de connaître à l'avance les projets de Son Altesse Royale, ou encore les corvées imprévues qui allaient leur échoir.

Le colonel se rassit enfin et dit alors au marquis :

— Maintenant vous pouvez parler sans crainte d'être entendu, sauf de ceux qui sont devant vous.

A mi-voix le marquis leur fit le récit de ce qui venait de se passer à Portsmouth. Quand il en fut aux pigeons voyageurs le major s'écria :

— Comment diable se fait-il que personne n'y ait pensé ?

— Je me suis posé la même question, mais l'histoire ne s'arrête pas là.

Il leur répéta les propos qu'Odella avait entendus sortir de la bouche du Français et vit aussitôt les deux hommes se raidir.

— Une autre tentative d'assassinat ! grommela le colonel McMahon. Pourquoi Bonaparte s'accroche-t-il donc à cette idée ?

— Il est dans une situation désespérée. A moins d'un rebondissement inattendu, la guerre sera terminée dans quelques mois. La mort du prince-régent retarderait l'issue fatale, ou pourrait même changer le cours des événements qui nous est aujourd'hui favorable.

— C'est vrai, reconnut le major. Que voulez-vous que nous fassions contre cet assassin ?

— En premier lieu, il me faut une liste de toutes les personnes invitées ici ce soir.

Le colonel McMahon se leva, prit une liasse de papiers dans un classeur qui se trouvait derrière lui et la tendit au visiteur. Les noms étaient proprement écrits à la plume et classés par ordre alphabétique. Le marquis parcourut la liste, à la recherche des noms à consonance étrangère.

Le prince-régent avait toujours été particulièrement accueillant avec les aristocrates émigrés en Angleterre sous la Révolution. Ceux-ci n'étaient pas rentrés au pays au moment de la paix d'Amiens, car ils détestaient celui qui gouvernait alors la France d'une main de fer, et qu'ils appelaient « le petit parvenu corse ». Les émigrés avaient été l'objet d'attentions particulières et de toutes sortes de marques de faveur lors de la réception donnée par le prince pour marquer le début de la Régence au mois de juin 1811. Le marquis se trouvait au Portugal à cette époque, mais il se souvenait avoir reçu de son père une lettre lui donnant tous les détails de la « grande fête » de Carlton House. Il avait pris connaissance de ce courrier alors qu'il tenait à grand-peine une position plus que précaire sur le versant d'une montagne, au milieu de ses troupes affamées. La description des prodigalités londoniennes de Carlton House l'avait alors beaucoup amusé. Les Anglais dans leur ensemble n'avaient aucune idée des souffrances endurées par leurs soldats dans cette guerre impitoyable contre un tyran assoiffé de conquêtes.

Le troisième marquis de Midhurst écrivait notamment à son fils :

« Le prince de Galles a fait savoir le 19 juin qu'il compte donner dans sa maison de Carlton House une réception en l'honneur de la famille royale de France en exil. »

Le destinataire de la lettre trouva que c'était

là une attitude typique du prince, et reprit sa lecture :

« Deux mille invitations ont été postées en toute hâte, dont quelques-unes à des gens qui sont morts depuis longtemps ! Quand je suis arrivé avec ta mère, l'orchestre de la Garde jouait dans la cour du palais, et les voitures encombraient entièrement Pall Mall et St. James's Street, ainsi que le Haymarket. »

L'auteur de la lettre s'étendait complaisamment sur la manière dont le régent avait accueilli ses hôtes dans une pièce tendue de soie bleue brodée de fleurs de lys dorées.

« Tous les émigrés étaient là, les ducs de Berry, de Bourbon et d'Angoulême, le prince de Condé, les comtes de Lisle et d'Artois, sans oublier la duchesse d'Angoulême, seule survivante des enfants de la famille royale. »

A la lecture de cette épître, le marquis avait pensé que les Français de l'Ancien Régime devaient être sensibles à l'honneur qui leur était fait par le prince-régent. Il était vraiment dommage que les autres, ceux qui étaient aux ordres de Napoléon, ne parussent pas apprécier le compliment.

Il se mit à éplucher soigneusement la liste des invités.

Trois années s'étaient écoulées depuis la fameuse fête. Il vit à la lettre A que le comte d'Artois avait reçu un carton, de même que le duc d'Angoulême. A la lettre B, il trouva le nom du duc de Bourbon, et celui du prince de Condé à la lettre C. Il poursuivit sa lecture jusqu'au moment où ses yeux s'arrêtèrent sur le nom du comte Jean de Lisle. Il l'examina un instant avant de remarquer :

— Je me trompe peut-être, mais je croyais que le comte de Lisle était mort. Je me souviens de mon père disant que c'était déjà un vieillard lors de leur conversation pendant le souper qui suivit la grande fête de 1811.

— Il est mort, en effet, répliqua le major. Je suppose qu'il s'agit d'un parent.

— L'avez-vous déjà rencontré ?

Le major fit signe que non.

— Je pense qu'il n'est jamais venu à Carlton House, mais je crois qu'il demeure chez Walter Langford, dont l'épouse, lady Georgina est, comme vous le savez, la fille du duc de Cumberland.

Le marquis garda le silence et se mit à réfléchir. Il se rappela soudain les paroles de lady Georgina lors de sa première visite à la maison de Burton Street. Elle lui avait dit alors :

« Notre maison est à la fois toute petite et bien assez grande. Les grandes demeures de Mayfair sont constamment pleines de ces gens qui s'invitent chez vous pour venir à Londres, et non pour vous voir. »

Le marquis savait que c'était vrai, car il n'était guère de semaine qu'on ne lui demandât d'héberger un parent ou un ami pendant quelque temps. Du jour de leur arrivée, pour peu que ses hôtes fussent en vogue, il ne les voyait pratiquement plus jusqu'à leur départ.

« Il m'est donc facile de dire non à tous ceux qui comptent trouver chez moi un lit à peu de frais, poursuivit lady Georgina, sauf bien sûr aux amis de Walter. »

Elle éclata de rire avant d'ajouter :
« Il est obligé d'abandonner son vestiaire à ses invités, mais il en coûte les yeux de la tête de dormir dans cet endroit-là ! »
Le marquis comprenait bien pourquoi Walter Langford, qui était toujours désargenté, ne cédait son vestiaire que contre espèces sonnantes et trébuchantes, mais il lui parut étrange que le comte Jean de Lisle acceptât de payer pour vivre chez lui, au lieu d'habiter chez l'un ou l'autre de ses parents et alliés. Il avait déjà noté que nombre de parents et d'amis français assisteraient à la réception. Il était possible après tout qu'aucun d'eux ne fût en mesure d'héberger le comte. Il se dit que ses soupçons étaient injustifiés, et reprit son examen de la liste. Il y trouva encore deux Français, monsieur de Queyrac et le comte de Valena, qu'il se promit de surveiller de près. Il était arrivé au bout de la liste et se disposait à la mettre de côté lorsque le major prit la parole :
— Comptez-vous parler de cette affaire à Son Altesse Royale ?
— Bien entendu. Vous savez comme moi que rien ne le contrarie tant que d'ignorer ce qui se trame dans son dos et qu'il tient à être au courant de tout.
Ses deux interlocuteurs admirent la justesse de ce point de vue.
— Très bien, suivez-moi, dit le major, je vais vous conduire chez lui. Mais pour l'amour du ciel, arrangez-vous pour qu'il tienne compte de vos recommandations. Notre tâche est déjà bien assez difficile. Parfois j'ai l'impression que Son

Altesse Royale va délibérément au-devant du danger.

Le marquis eut un sourire. A la vérité, le prince-régent n'aimait pas l'excès de précautions dont il était entouré. On l'avait plusieurs fois averti que les Français voulaient l'assassiner. Il s'était alors contenté de remarquer qu'ils auraient bien de la chance s'ils parvenaient à franchir les barrages établis autour de sa personne, à Carlton House comme ailleurs.

— Faites l'impossible pour le convaincre d'être prudent, insista le major en reconduisant son visiteur.

— Je le sermonnerai comme si j'étais son père.

Cette remarque plaisante ne réussit pas à dérider le major qui demeura soucieux.

## 7

Au moment même où Mme Peel écartait les rideaux, Odella s'éveilla avec le sentiment d'avoir dormi des siècles.

Deux servantes apparurent, portant une baignoire qu'elles posèrent devant la cheminée. Mme Peel avait insisté pour qu'on y allumât du feu, prétendant qu'en dépit du soleil, le fond de l'air était frais. C'était pour la jeune fille un luxe délicieux de pouvoir prendre un bain près des flammes rougeoyantes. L'eau était parfumée d'essence de violette provenant directement de la maison du marquis, dans le Hampshire. Au sortir du bain, elle passa la jolie robe de mousseline toute simple qu'on avait mise dans ses bagages en vue de son séjour chez Mme Grayson. Impatiente, elle se rendit dans le boudoir, où l'on avait dressé devant le sofa une table garnie de tous les éléments d'un thé apparemment aussi savoureux que réconfortant. Il ne manquait plus que la théière d'argent et la bouilloire que l'on apporterait à l'arrivée du maître de maison. Le boudoir lui parut charmant avec ses vases chargés de fleurs de serre dont le parfum s'attardait dans l'air. Les journaux étaient disposés sur un tabouret près de la cheminée, et la vue des exemplaires du *Times* et du *Morning Post* la remplit de confusion. A la maison, son père insistait toujours pour qu'elle fît l'effort de lire la presse quotidienne, en répétant sans cesse :

« Nous sommes peut-être des provinciaux perdus dans un trou, comme le pensent la plupart des gens, mais il suffit de lire les journaux pour être au courant de ce qui se passe ici et sur le continent. »

Sur ses instances, Odella ne se contentait pas de feuilleter les nouvelles, mais s'astreignait chaque jour à lire les éditoriaux. Elle se rendit compte alors qu'elle n'avait pas ouvert un journal depuis le départ de son père et sa rencontre avec le marquis. Elle parcourut d'abord les manchettes du *Morning Post*, qu'elle ouvrit ensuite à la page intitulée « Chronique de la Cour », espérant y découvrir les noms des grands personnages qu'elle risquait d'apercevoir le soir même. Elle commençait à peine sa lecture quand la porte s'ouvrit pour laisser entrer le marquis. Elle ne put retenir un petit cri de joie, tandis qu'il s'approchait d'elle après avoir refermé derrière lui.

— Me voici de retour. J'ai beaucoup de choses à vous raconter.

— Ce sont de bonnes ou de mauvaises nouvelles ?

Avant que le marquis ne pût répondre, le maître d'hôtel entra avec une théière d'argent, suivi d'un laquais qui portait la bouilloire. Ils déposèrent ces accessoires sur le grand plateau d'argent où se trouvaient déjà la boîte à thé, les pots de lait et de crème ainsi qu'un sucrier. Odella trouva ce cérémonial un peu compliqué, mais c'était visiblement ainsi que les choses se passaient chez le marquis.

— Vous pouvez verser le thé maintenant, dit-il. A moins que vous n'ayez déjeuné, vous devez avoir faim.

— J'ai fait un excellent petit déjeuner, puis j'ai dormi pour me réveiller voici moins d'une heure.

— C'est exactement ce que je voulais. Il nous faudra faire preuve de beaucoup d'habileté ce soir et nous aurons besoin de toutes nos facultés.

Le ton de sa voix fit tressaillir Odella qui lui lança un regard inquisiteur. Mais il n'eut pas le temps d'en dire davantage, car la porte s'ouvrit brusquement pour livrer passage à une extraordinaire apparition. Les yeux écarquillés de surprise, la jeune fille crut n'avoir jamais rencontré chez une femme un tel mélange de beauté à la fois classique et ravageuse.

— Michael ! s'écria l'apparition. Je viens de voir votre phaéton repartir et j'en ai conclu que vous étiez rentré.

Les mains tendues, lady Georgina s'avança vers le marquis sans paraître toucher terre. Elle portait une robe de satin vert cru et un chapeau garni de plumes d'autruche vertes qui voletaient de part et d'autre à chacun de ses mouvements. De gros pendentifs ornaient ses oreilles, une rivière d'émeraudes étincelait autour de son cou, et son poignet droit exhibait un bracelet assorti. Abasourdie, Odella contemplait l'extravagant spectacle, tandis que le marquis se mettait lentement sur ses pieds.

— J'arrive à Londres à l'instant même, dit-il.

— Et je savais que vous alliez vous précipiter chez moi, fit lady Georgina de sa voix la plus caressante.

D'un geste machinal le marquis porta la main de la jeune femme à ses lèvres, avant de dire :

— Il se trouve, Georgina, que je suis particulièrement occupé.

— Mais sûrement pas trop occupé pour me délaisser ! protesta lady Georgina. Comment le pourriez-vous ?

Elle rejeta la tête en arrière pour le dévisager avec un sourire provocant, ses lèvres rouges entrouvertes.

Le marquis réalisa soudain qu'Odella les regardait avec des yeux ronds. S'apercevant à son tour de la présence de la jeune fille, lady Georgina dit d'une voix changée :

— Qui est-ce ? Que fait-elle ici ?

Le ton aigre en disait long sur ses sentiments. Odella en eut la poitrine oppressée.

— Permettez-moi de vous présenter mademoiselle Odella Wayne, qui est une de mes parentes, dit le marquis d'une voix calme. Elle m'accompagne à la réception de ce soir à Carlton House, et elle passera la nuit ici même.

— Ah, et j'imagine qu'elle est dûment chaperonnée ! dit lady Georgina sur le même ton acerbe.

— Naturellement ! Vous comprendrez que j'aie beaucoup de choses à dire à tous ceux de ma famille qui viennent d'arriver. Je vais vous reconduire à votre voiture.

Lady Georgina parut sur le point de refuser de quitter la place. Elle finit par secouer la tête et se dirigea vers la porte, ignorant ostensiblement Odella. Le marquis la suivit. Une fois dans le couloir, elle chuchota :

— Michael, il faut absolument que je vous voie. Vous savez à quel point vous m'avez manqué.

— Nous parlerons de cela plus tard.

Lady Georgina marqua tout de même une pause pour ménager son effet.

— Walter part demain.

— Encore ? Où va-t-il cette fois-ci ?

— Je ne sais plus où, sur la côte sud, pour affaires. Nous allons donc pouvoir nous retrouver.

Au lieu de répondre, le marquis se dirigea vers l'escalier, et la jeune femme fut bien obligée de lui emboîter le pas. Ils gardèrent le silence en raison de la présence du maître d'hôtel et des laquais dans le vestibule. C'est seulement lorsqu'ils eurent franchi la porte que lady Georgina s'arrêta en haut des marches pour murmurer d'une voix presque inaudible :

— Demain soir... à sept heures et demie. D'ici là, Michael chéri, j'aurai les yeux fixés sur la pendule.

Le marquis l'aida à monter en voiture. En partant, elle fit un geste d'adieu auquel il ne répondit pas. C'est le sourcil froncé qu'il rentra dans la maison, parfaitement conscient du choc que l'irruption de lady Georgina avait dû provoquer chez Odella. Il était évident qu'au cours de son existence campagnarde la jeune fille n'avait certainement jamais rencontré de femme comme celle-ci. Lady Georgina avait dû lui sembler, non seulement différente, mais pour le moins indiscrète.

Le marquis avait raison. Odella avait bel et bien reçu un véritable choc. C'était même peu dire !

Lorsqu'il était sorti de la pièce sur les talons de lady Georgina, la jeune fille, à son grand désespoir, avait cru qu'il s'agissait de la femme qu'il aimait. Elle avait bien sûr entendu parler des dames élégantes et raffinées de la société londonienne, mais c'était la première fois qu'elle en voyait une de près, et ce fut une révélation. Quand la porte se referma sur le couple, Odella bondit de sa chaise et courut jusqu'à sa chambre. Loin de vouloir analyser ses sentiments, elle se sentait simplement bouleversée et plongée dans une grande détresse. Elle avait encore en mémoire la voix caressante de lady Georgina s'adressant au marquis, sans oublier les regards brûlants dont elle le couvait littéralement.

« Elle l'aime ! » se dit Odella, qui dut aussi s'avouer qu'elle était sans doute payée de retour. Comment ne pas être séduit par l'élégance et la beauté d'une créature aussi fascinante ? Il lui parut que les yeux de lady Georgina jetaient les mêmes feux que ses émeraudes.

« Il l'aime... c'est évident ! se dit encore une fois la jeune fille. Comment pourrait-il ne pas succomber devant une beauté pareille ? »

Une douleur fulgurante la traversa soudain. Surprise autant qu'effrayée, elle dit à haute voix :

— Mickie, je t'en supplie, viens à mon secours. Que vais-je devenir ?

Tout à coup elle se rendit compte que Mickie ne pouvait être là, puisque étrangement, le marquis et son ange gardien ne faisaient plus qu'un. Elle comprit alors que si le marquis était perdu pour elle, Mickie disparaîtrait aussi à jamais.

Le marquis trouva le boudoir vide. Il faillit d'abord partir à la recherche d'Odella, mais il se ravisa car la situation risquait de devenir encore plus embarrassante. Ils avaient beaucoup à faire le soir même et il était inutile de la troubler davantage par une conversation au sujet de lady Georgina.

Et que pouvait-il dire, de toute façon ?

Il avait assez de perspicacité pour deviner que l'apparence et le comportement de lady Georgina avaient indubitablement de quoi choquer une jeune provinciale. Même une oie blanche eût instantanément pressenti leur liaison. Il se versa une tasse de thé dans l'espoir que la jeune fille réapparaîtrait peut-être. Ne voyant personne au bout d'un moment, il descendit jusqu'à son bureau, dans le dessein de réfléchir aux événements qui se dérouleraient le soir même.

Il faisait peser une terrible responsabilité sur les épaules d'Odella et il n'ignorait pas que si, faute de reconnaître sa voix, la jeune fille donnait au Français une chance de s'attaquer au prince-régent, elle se le reprocherait toute sa vie. Il éprouva de nouveau le désir de la protéger, de lui épargner, si possible, l'obligation de prendre part au drame qui allait bientôt se jouer. Elle était à la fois si jeune, si pure et si différente des femmes qu'il avait connues, qu'il ne lui restait plus qu'à prier pour que la soirée ne vît pas l'accomplissement des événements terrifiants qui la menaçaient. Au moment de quitter Carlton House, le major lui avait dit :

— Ce n'est peut-être pas ce soir que le Français tentera d'assassiner le prince-régent.

— Que voulez-vous dire ?

— D'autres événements publics ou mondains sont prévus cette semaine, et l'un ou l'autre pourrait fournir à un homme déterminé l'occasion de frapper Son Altesse Royale.

Le marquis dut reconnaître la justesse de ce raisonnement, sans oublier toutefois qu'Odella avait entendu le Français confirmer qu'il avait une invitation. Il avait très bien pu l'obtenir par l'intermédiaire de Walter Langford et de son épouse lady Georgina. Il était facile au marquis d'interroger cette dernière afin d'essayer de savoir pourquoi le comte de Lisle avait choisi de s'installer chez elle, mais il pensa que ce serait une erreur. Si le comte était bien l'agresseur en puissance et si la jeune femme lui faisait part des questions qu'on lui avait posées à son sujet, l'homme se tiendrait désormais sur ses gardes. A force de réfléchir, le marquis se rendait mieux compte des énormes difficultés de la partie qu'il allait jouer. Il suffirait d'une parole imprudente pour changer le cours des événements. Si le Français assistait à la réception mais décidait d'attendre une meilleure occasion, l'effet de surprise jouerait plus tard en sa faveur.

Il parcourut la pièce d'un pas fébrile et finit par décider qu'Odella devait en savoir le moins possible. Moins ils parleraient de tout cela, moins elle se crisperait à l'approche de l'épreuve tant redoutée.

Le marquis n'ignorait pas qu'aux réceptions du prince-régent le souper n'était parfois servi que fort tard dans la nuit. En conséquence il ordonna de servir un dîner léger à dix-neuf heures, et s'assura qu'Odella en serait avertie.

Odella ignorait que le marquis était revenu dans le boudoir. Elle resta donc dans sa chambre, dans l'état de quelqu'un qui vient de recevoir un coup sur la tête et qui ne sait comment réagir.

« Pourquoi suis-je assez sotte pour me mettre ainsi martel en tête, parce que le marquis aime une personne de son monde, qui est si différent du mien ? », se demanda-t-elle.

Elle dut pourtant reconnaître qu'elle était bel et bien amoureuse du marquis, ce qui la désespéra un peu plus, car elle aurait pu tout aussi bien aimer un extra-terrestre.

« Il me renverra dans ma campagne lorsque tout sera fini et je ne le reverrai jamais plus. Pourquoi s'intéresserait-il à moi, d'ailleurs ? »

Elle se reposa cent fois cette question tandis que Mme Peel l'aidait à s'habiller pour la soirée. Fort heureusement, la robe qu'elle avait mise dans ses bagages en vue de son prétendu séjour chez Mme Grayson était ravissante. C'était celle choisie par sa mère à l'occasion de son premier bal. Dans une telle circonstance, on n'avait pas regardé à la dépense, car il s'agissait de faire bonne impression. La robe était blanche, comme il convient aux débutantes, avec une bordure de roses blanches et de feuillage vert tendre. Des rubans d'argent se croisaient sur la poitrine pour retomber en cascade dans le dos.

— Y a pas à dire, vous êtes adorable ! dit Mme Peel avec une admiration sincère. Et j'ai ce qu'il faut pour agrémenter votre coiffure.

— De quoi s'agit-il ?

— De roses blanches naturelles, exactement de la couleur de celles qui ornent le bas de votre robe. Elles ont un parfum délicieux.

A l'aide d'épingles elle fixa les fleurs dans la chevelure blonde d'Odella. A ce moment, quelqu'un frappa à la porte et Mme Peel alla ouvrir.

— Compliments de Sa Seigneurie, dit Watkins. Elle pense comme ça que mademoiselle Wayne aimerait peut-être porter le collier de perles et le bracelet qui appartenaient à sa mère quand elle était petite fille.

Odella, qui avait tout entendu, poussa un cri de joie en ouvrant le coffret de velours que lui tendait l'intendante. Les perles parfaitement assorties étaient séparées les unes des autres par de petits brillants. Le bracelet que Mme Peel ferma sur son poignet était monté de la même façon.

— Pas une des dames invitées à Carlton House ne vous arrive à la cheville maintenant ! dit Mme Peel d'un ton satisfait.

— J'en doute fort ! répondit Odella, qui pensait notamment à lady Georgina. Mais j'apprécie l'attention de Sa Seigneurie. Grâce à ces bijoux magnifiques, je n'ai pas trop l'air d'une provinciale.

— Il ne manquera pas de messieurs pour vous

dire de quoi vous avez l'air. Je serais même pas étonnée que Son Altesse Royale soit du nombre !

Ces mots redonnèrent à la jeune fille un peu d'assurance. Elle descendit au grand salon où le marquis l'attendait. La pièce était immense et magnifiquement meublée, et des bougies allumées brûlaient partout dans les candélabres. L'entrée de la jeune fille lui parut symboliser l'irruption du printemps à la fin d'un hiver sombre et pluvieux. En s'avançant à sa rencontre, elle nota l'extrême élégance de sa tenue, outre les nombreuses décorations qui ornaient son habit de cérémonie. Quand elle fut tout près de lui, elle ne put s'empêcher de dire avec une pointe de timidité :

— J'espère que ma robe vous plaît... et que vous n'aurez pas honte de moi.

— Vous êtes très belle, répliqua le marquis d'une voix égale, exactement comme je m'y attendais.

Odella lui adressa un sourire, et ce fut comme si le soleil entrait brusquement dans le salon.

— Allons dîner, dit-il. Je ne veux pas être en retard.

— Y aura-t-il beaucoup de monde ? demanda la jeune fille, tandis qu'ils prenaient place dans la charmante salle à manger aux proportions harmonieuses.

— Pas plus de cent cinquante à deux cents personnes. C'est une des soirées intimes de Son Altesse Royale. Les autres sont gigantesques, mais elles ont lieu l'été, lorsque le prince-régent dispose des pelouses et des terrasses, et à la saison des grandes eaux.

— J'en ai entendu parler, mais je croyais n'avoir jamais l'occasion de les voir.

— Ce soir vous pourrez admirer les chefs-d'œuvre qui se trouvent à l'intérieur. Il passe son temps à redécorer le palais.

— Et pourquoi donc ?

— Il achète sans cesse de nouvelles pièces de collection, à moins qu'il n'aille les exhumer des greniers pour le régal des yeux de ses invités.

Odella se mit à rire.

— Ce doit être bien amusant !

— C'est son plus grand plaisir. Ce soir vous aurez certainement tout loisir de vous extasier. Il ménage toujours des surprises à ses amis.

Il accentuait volontairement la légèreté de ses propos, mais dans la voiture qui les conduisait à Carlton House, Odella dit à voix basse :

— Vous ne m'avez pas encore fait part de vos conjectures. Comment, d'après vous, le Français, s'il est là, s'y prendra-t-il pour tenter d'assassiner Son Altesse Royale ?

— Je pense, dit le marquis d'une voix calme, qu'il se servira d'un stylet, car c'est une arme qu'on cache facilement sur soi.

Il s'aperçut du frisson involontaire de la jeune fille assise près de lui, et poursuivit néanmoins :

— Si le stylet, qui est long et effilé, pénètre vivement dans la région du cœur, la victime met d'habitude une ou deux minutes à mourir, donnant ainsi à son agresseur le temps de s'enfuir.

— Et si je ne me rappelais pas... le son de sa voix ? s'enquit Odella dans un murmure.

Le marquis lui prit la main.

— Ne soyez pas inquiète, dit-il d'un ton rassurant, Nos pensées, nos paroles, nos actes, nos perceptions se gravent à jamais dans le grand livre de notre mémoire. Il nous est impossible de les en effacer.

— Voulez-vous dire que mon cerveau a enregistré la voix du Français de façon que je ne puisse l'oublier ?

— Le voudriez-vous que vous en seriez incapable. Elle est là pour l'éternité, quand bien même vous décideriez de la chasser définitivement de votre esprit.

Il vit que la jeune fille avait bien compris le sens de ses paroles, mieux qu'une femme d'expérience n'eût su le faire. Elle lui demanda encore :

— Que devrai-je faire ? Comment vous ferai-je savoir qu'il s'agit probablement de l'homme de la voiture ?

— Je me suis arrangé pour que le prince-régent accueille ses invités dans une petite pièce occupée seulement par quelques personnes. Il n'aura près de lui que ses deux secrétaires, qui seront armés jusqu'aux dents, plus le général commandant la garde qui veille jour et nuit sur sa sécurité.

Il fit une pause avant d'ajouter :

— Vous et moi serons là aussi, naturellement.

— Les gens ne trouveront pas cela... bizarre ?

— Je doute qu'ils s'aperçoivent de quoi que ce soit, pour une raison très simple. A l'appel de son nom, chaque invité entrera par une porte, s'avancera pour saluer Son Altesse Royale debout au milieu de la pièce, et devra sortir par l'autre issue qui donne directement sur les salons de réception.

— Je vois ce que vous voulez dire.

— Son Altesse Royale s'adressera plus longuement à tous ceux qui portent des noms français, afin de vous laisser le temps d'entendre leurs réponses. Si vous reconnaissez la voix, ne dites rien, car je me tiendrai toujours à vos côtés, et contentez-vous de me toucher le bras.

Il ajouta, étreignant plus fort la main de la jeune fille :

— Souhaitons tous deux que le hasard fasse bien les choses et nous évite de commettre une erreur, mais peut-être préférez-vous invoquer la Providence.

— Je n'ai cessé de prier toute la soirée, dit simplement Odella. Je ne puis croire que Dieu puisse accepter d'accorder une telle faveur à ce scélérat de Bonaparte.

— Il n'y a que la foi qui sauve. Je suis certain que vos prières seront entendues.

La main d'Odella continuait à trembler dans la sienne et il regretta une fois de plus de ne pouvoir lui épargner cette épreuve. Il ne pouvait oublier cependant que leur sort à tous deux importait moins que celui des Anglais qui se battaient avec acharnement contre Napoléon. Malgré les nouvelles de la bataille, chaque jour plus encourageantes, il convenait de redoubler d'efforts jusqu'à la déroute complète des Français.

La voiture tourna dans Pall Mall.

Le marquis entendit la musique de la Garde qui jouait dans la cour de Carlton House, sous la superbe arcade de style corinthien dessinée par Henry Holland. Le marquis lâcha la main d'Odella qui commençait à examiner sa toilette sous toutes les coutures. En dépit de son inquiétude, cette première visite à Carlton House l'excitait au plus haut point. De nombreux amateurs prétendaient que la résidence du prince égalait, ou même dépassait en grandeur, les palais de l'immense Russie. Ils pénétrèrent dans la grande salle ornée de colonnes ioniques de marbre jaune importé de Sienne à grands frais. La jeune fille frémissait d'impatience comme au temps des goûters d'enfants qui avaient fait la joie de son jeune âge.

Ils furent accueillis, en même temps que plusieurs autres invités, par les dignitaires de la maison du prince-régent. Odella s'aperçut que le marquis avait choisi d'arriver très tôt et nota qu'on le traitait avec la plus grande déférence. On les conduisit dans une des salles du premier étage, dont elle remarqua d'un coup d'œil le somptueux ameublement. Ils entrèrent ensuite dans la petite pièce décrite par le marquis, au moment où le majordome annonçait d'une voix de stentor le nom du nouvel arrivant. Le prince-régent les accueillit en personne, vêtu de l'uniforme de maréchal en campagne et arborant à sa boutonnière l'étoile scintillante de l'ordre de la Jarretière. Il n'avait alors que cinquante et un ans — bien qu'il parût plus âgé à Odella — et paraissait encore beau malgré son embonpoint. Comme tant d'autres avant elle, elle s'aperçut en ployant le genou devant lui qu'il dégageait toujours un charme irrésistible. Ses manières étaient fort courtoises et il l'accueillit de la meilleure grâce du monde.

— Je suis enchanté de vous connaître, mademoiselle Wayne. Mon ami le marquis ici présent m'a vanté votre intelligence et je sais que nous vous devons une grande reconnaissance.

Toute rougissante, Odella remercia Son Altesse Royale de ses bonnes paroles. A la voir se comporter avec autant d'aisance, le marquis lui trouva une grande maturité pour son âge.

— Je crois que la peinture vous intéresse, disait le prince-régent. Espérons que j'aurai le temps de vous montrer quelques-uns de mes tableaux.

— Ce serait avec le plus grand plaisir, Sire, répliqua la jeune fille. J'ai entendu dire aussi que la collection de mobilier français de Votre Altesse Royale n'a pas d'équivalent en Angleterre.

Le prince-régent, qu'un authentique intérêt pour ses possessions réjouissait toujours, fut enchanté de cette réponse. Il se disposait à entrer dans de longues explications sur la manière dont il avait acquis ces meubles après la Révolution lorsque le majordome introduisit un nouvel arrivant. Odella ainsi que le marquis durent s'avancer pour aller se placer à côté du prince. Le colonel et le major se tenaient également près de celui-ci, protégeant son autre flanc. Il y avait encore deux messieurs dans la salle, visiblement des surveillants dont l'allure militaire trahissait l'appartenance à la Garde de Son Altesse Royale.

Les invités se présentaient maintenant l'un après l'autre devant le prince-régent qui leur adressait quelques mots de bienvenue, et sortaient ensuite par la porte opposée. Odella était abasourdie, tant par le luxe des toilettes des dames que par la richesse de leurs bijoux. Il semblait que chacune d'entre elles eût à cœur de défier la splendeur de la demeure princière. La jeune fille brûlait d'examiner en détail les tableaux et le mobilier qui couvraient les murs et le sol de la pièce pourtant exiguë, mais elle ne pouvait négliger sa mission, qui était d'observer soigneusement les arrivants dès leur entrée dans la salle. A en juger par les noms des premiers visiteurs, il ne pouvait évidemment s'agir d'assassins en puissance. Beaucoup de ces noms lui étaient familiers pour avoir été maintes fois cités dans les chroniques du *Times* ou du *Morning Post*.

On remarqua notamment la duchesse de Devon qui arborait des diamants fabuleux. La duchesse de Portland lui disputait la vedette avec des saphirs réunis sur sa tête en un diadème énorme. Les messieurs n'étaient pas en reste, et les habits brodés d'or des diplomates rivalisaient avec les uniformes chamarrés des divers régiments. A côté d'eux, les politiciens faisaient pâle figure malgré leurs innombrables décorations. A mesure que la foule grossissait, Odella finissait par se croire sur la scène de l'Opéra, ou au milieu de quelque autre manifestation dont elle avait pu lire la description chez son père, sans imaginer qu'elle pourrait un jour y prendre part. Elle ne put s'empêcher d'admirer l'intelligence du prince. Celui-ci possédait un art suprême pour entretenir chacun de ses petites affaires avec l'air de celui qui est absolument fasciné par le sujet. Il parlait à l'un de musique, à l'autre du livre qu'il était en train d'écrire, ou de ses chevaux de course à un propriétaire célèbre. Il se répandait en compliments auprès des dames, disant même à une adorable jeune duchesse, qu'elle mettait en valeur sa maison comme un lis l'eût fait du cristal d'un vase. Une autre jeune femme entendit comparer son teint à la porcelaine de Dresde.

Ses hôtes français, le duc de Bourbon et le duc de Berry se suivaient de peu. A l'appel de leurs noms, Odella se raidit et tendit l'oreille. Le comte de Provence était un très vieux monsieur qui s'appuyait sur une canne et n'avait visiblement pas l'allure d'un assassin. Elle écoutait attentivement le son de chaque voix, afin d'identifier le moment venu, cette intonation si particulière qu'elle espérait reconnaître entre toutes.

C'est alors que la voix de stentor du majordome s'éleva pour annoncer :

— Monsieur Walter Langford et son épouse lady Georgina, Votre Altesse Royale, accompagnés du comte Jean de Lisle !

Tout près d'Odella, le marquis fit un mouvement et la jeune fille sentit que tous ses sens étaient brusquement en alerte. Elle se dit que l'entrée dans la salle de la femme qu'il aimait devait être à l'origine de sa réaction. Lady Georgina paraissait particulièrement à son avantage dans une robe de soie d'un rouge éclatant, garnie dans le bas et sur les épaules de plumes écarlates. Elle portait un diadème où les rubis alternaient avec les brillants, assorti d'un collier de rubis de taille moyenne. Elle traversa la pièce de sa démarche onduleuse en gardant les yeux fixés sur le marquis. A voir l'expression de ce regard, le cœur d'Odella cessa de battre.

Le prince-régent dit à lady Georgina qui s'inclinait devant lui en une profonde révérence :

— C'est une joie de vous voir, lady Georgina. Vous êtes encore plus belle que lors de notre dernière rencontre !

— Merci beaucoup, Sire. Comme toujours, je suis parfaitement heureuse de me retrouver en ces lieux.

— C'est exactement le but de cette soirée, répondit le prince.

Elle se disposait à lui adresser de nouveau la parole, mais il se tourna vers son mari.

— Content de vous voir, Langford. Comptez-vous parier sur mes chevaux demain à Newmarket ?

— Absolument, Sire, répliqua Walter Langford. Qui pourrait gagner cette course, sinon Votre Altesse Royale ?

— J'espère que vous ne vous trompez pas, répondit le prince-régent.

Le comte de Lisle avait dû attendre le passage des Langford pour s'avancer à son tour dans la pièce. Comme il s'approchait, Odella put voir que c'était un homme d'une taille fort au-dessus de la moyenne, et qui devait avoir largement dépassé la trentaine. Il y avait de la vigueur dans son maintien et la détermination se lisait sur son visage.

Le prince-régent lui tendit la main.

— Je suis heureux de vous rencontrer, comte. Certains membres de votre famille sont de vieilles connaissances.

— Je rends grâce à Votre Altesse Royale, répliqua le Français. Et...

Sans l'ombre d'un doute, Odella reconnut la voix dès les premiers mots. Étouffant avec peine un cri d'horreur, elle esquissa un geste en direction du marquis. Ce mouvement presque imperceptible attira néanmoins l'attention du Français qui fit un bond en avant. Avec la promptitude de l'éclair, il saisit la jeune fille à la gorge et l'attira contre lui. Un long stylet luisant apparut dans sa main droite. Il en appuya la pointe sur le sein palpitant d'Odella, en disant d'une voix forte :

— Un pas vers moi, et elle meurt !

## 8

Pendant un moment, tout le monde resta figé, puis le marquis, les yeux fixés sur un point situé au-delà du comte, dit d'une voix brève comme s'il s'adressait à quelqu'un posté derrière ce dernier :

— Ne tirez pas ! Je veux qu'on le prenne vivant.

Instinctivement, le Français tourna la tête, et le marquis en profita pour lui expédier une balle dans la tempe. Le coup retentit dans la pièce, le comte chancela, et le marquis bondit en avant pour rattraper Odella qui allait tomber sur le sol.

Il la souleva dans ses bras et sortit de la pièce avec son précieux fardeau, en franchissant la porte qu'avaient empruntée les autres invités. Comme il connaissait parfaitement les lieux, au lieu de continuer tout droit jusqu'au grand salon, il bifurqua vers une autre pièce qu'il espérait trouver inoccupée et qui, en effet, se révéla vide. C'était une petite antichambre aussi élégamment meublée que le reste de la maison, remplie de fleurs et brillamment éclairée par des appliques garnies de bougies allumées. Le marquis referma la porte d'un coup d'épaule avant de reposer doucement Odella sur le plancher. Il s'aperçut alors qu'elle était en état de choc et contempla un instant son visage d'où la vie paraissait s'être retirée. Elle ne tremblait plus mais semblait prête à défaillir. Il l'attira contre lui et ses lèvres trouvèrent celles de la jeune fille, qui parut se ranimer sous son baiser. Une sorte d'ivresse s'empara d'elle et ne tarda pas à le gagner à son tour. Il avait eu si peur de la perdre que ses baisers se firent plus farouches, plus impérieux, plus exigeants. Leurs corps s'unirent pour ne former qu'un seul être que rien ni personne ne pourrait désormais séparer.

Longtemps après, le marquis releva enfin la tête et Odella dit d'une voix mélodieuse :

— Nous avons réussi... à le sauver ! Nous avons réussi !

— C'est vous qui l'avez sauvé, ma chérie, mais j'ai bien failli vous perdre.

Ses lèvres s'emparèrent à nouveau des siennes. Quand il finit par la relâcher, il pensa qu'il était impossible de voir à la fois tant de bonheur et de beauté sur le visage d'une femme.

— Je vous aime ! dit-il d'une voix grave. Et je crois, mon cher amour que vous m'aimez aussi.

— Je vous aime... je le jure ! chuchota la jeune fille. Mais je croyais que vous aimiez quelqu'un d'autre et que vous ne pourriez jamais... m'aimer.

— Je n'aime que vous, dit le marquis, et je crois que je n'ai jamais aimé ainsi auparavant. Lorsque j'ai vu ce démon menacer de vous tuer, j'ai compris que je ne pouvais plus vivre sans vous. Quand voulez-vous m'épouser ?

Il fut surpris du regard perplexe d'Odella.

— M'avez-vous réellement demandé... de vous épouser ?

— Je vous veux pour femme afin de ne plus être séparé de vous, et jamais plus je ne vous laisserai courir de tels dangers.

— Je ne puis croire une chose pareille !

Prise d'une timidité soudaine, elle cacha son visage contre sa poitrine. Il l'enlaça étroitement avant d'ajouter :

— Nous allons nous marier tout de suite, car je refuse de vous perdre de vue un seul instant.

— Ce serait merveilleux !

Elle levait vers lui des yeux remplis d'amour lorsqu'elle laissa échapper un petit cri.

— J'avais oublié... je suis en deuil.

— En deuil ? questionna le marquis.

— Je n'y ai plus repensé, mais lorsque je vous attendais pour le thé, j'ai appris par le journal la mort de mon oncle... ce qui signifie que papa hérite du titre.

— Du titre ? répéta le marquis d'un air étonné.

— Le fils unique de mon oncle a été tué au début de la guerre, de sorte que papa devient maintenant le septième comte de Waynehead.

Le marquis était stupéfait. Il était tout à fait décidé à épouser Odella, et peu lui importait que ce fût la fille de l'obscur desservant d'une paroisse de campagne. Mais il est vrai que le fait que son père devînt comte de Waynehead le mettait en bien meilleure position, vis-à-vis du monde en général et de sa famille en particulier.

Odella refoulait ses larmes.

— Je suppose, dit-elle d'un air découragé, qu'il va falloir... attendre.

Sur ces entrefaites la porte s'ouvrit, laissant entrer le prince-régent. Il la ferma derrière lui et s'avança vers les jeunes gens qui s'écartèrent l'un de l'autre.

— Mon garçon, je viens vous remercier de m'avoir sauvé la vie, dit le prince au marquis.

— Tout le mérite en revient à Odella, répliqua celui-ci. Elle était la seule personne en mesure d'identifier l'assassin.

— Parfaitement, approuva le prince-régent qui posa la main sur l'épaule de la jeune fille, et je ne sais comment vous témoigner ma gratitude.

— Sire, je suis très heureuse d'avoir pu reconnaître la voix du comte.

— Je n'ai donc plus d'inquiétude, et puis aller retrouver mes invités. Mais il me semble, Midhurst, que lorsque je suis entré dans cette pièce, vous vous exprimiez avec plus d'éloquence que je ne saurais le faire moi-même.

— J'étais précisément en train de demander la main d'Odella, répliqua le marquis. Mais nous avons un problème que je supplierai Son Altesse Royale de résoudre avec son habileté coutumière.

— Bien sûr, bien sûr, je ferai de mon mieux.

Il était, depuis des années, hors d'état de jouer à la tête du pays le rôle de premier plan auquel sa naissance le prédestinait. Le marquis, sachant qu'on lui faisait toujours grand plaisir en lui demandant conseil, posa sa question sans attendre :

— Odella m'apprend à l'instant que, par suite

de la mort de son oncle, son père vient d'hériter du titre de comte de Waynehead. Mais elle devra porter le deuil pendant plusieurs mois.

Le prince-régent, qui ne perdait pas un mot de ce discours, l'interrompit aussitôt :

— J'ai lu dans le journal d'aujourd'hui que Waynehead venait de mourir, et je me rappelle en effet que son fils fut porté disparu voici quelques années.

— Vous êtes toujours très bien informé, Sire.

— Maintenant que papa va devoir tenir son rang dans la société, murmura la jeune fille, je présume que je dois attendre au moins six mois pour prendre un époux.

Le marquis lut dans le regard désespéré d'Odella que son désir de se marier était au moins aussi ardent que le sien.

— Eh bien, mais j'ai trouvé la solution ! s'écria le prince-régent d'une voix triomphante. Vous allez vous marier tout de suite, avant même qu'on vous parle de la mort de votre oncle. Bien entendu vous avez été trop occupée aujourd'hui pour prendre le temps de lire les journaux.

Les deux jeunes gens le dévisagèrent, mais il poursuivit d'un ton imperturbable :

— L'archevêque est ici. Il est arrivé juste après vous. Je vais aller lui parler. Il pourra recevoir le consentement des époux dans la chapelle, et je conduirai en personne la mariée à l'autel.

— Parlez-vous sérieusement, Sire ? demanda le marquis.

— Puisque je vous dis que je me charge de tout, répliqua le prince-régent, qui sortit avec la démarche insouciante d'un homme satisfait.

Le plus grand plaisir de Son Altesse Royale était de se mêler en coulisse des intrigues ou des affaires d'amour. La porte à peine refermée sur le prince, le marquis ouvrit ses bras à Odella qui s'y précipita avec la légèreté d'un oiseau.

— Serons-nous réellement mariés ce soir même ?

— C'est précisément de cela que Son Altesse Royale s'occupe à cette heure. Tout ce que je désire pour l'instant, c'est vous répéter que je vous aime et vous couvrir de baisers.

— C'est aussi mon souhait le plus cher, dit-elle dans un murmure.

Le prince-régent semblait avoir tout arrangé d'un coup de baguette magique. La nouvelle de l'événement n'avait pas eu le temps de se répandre parmi les invités, qu'Odella et le marquis se dirigeaient déjà vers la chapelle sous la conduite de leur illustre témoin. Celui-ci n'avait pas jugé utile de mettre d'autres personnes dans la confidence, en dehors de ses deux secrétaires qui suivaient le petit groupe à distance respectueuse.

Quoique de dimensions réduites, la chapelle frappait le visiteur par ses proportions harmonieuses. On venait d'y installer, sous la direction de Son Altesse Royale, quelques bancs admirablement sculptés. Les grands candélabres massifs provenaient d'une ancienne église, et la croix surmontant l'autel était enrichie de pierres précieuses.

L'archevêque les attendait. Le marquis s'avança d'abord et s'arrêta au pied des degrés conduisant à l'autel. Le prince-régent offrit ensuite son bras à la jeune fille pour remonter la courte allée centrale du même pas solennel que s'il se fût agi d'une cérémonie en l'abbaye de Westminster.

Le service fut bref, mais l'archevêque prononça quelques mots d'une profonde sincérité qui emplirent Odella d'une émotion divine. A l'instant de recevoir à genoux la bénédiction pastorale, elle crut entendre au-dessus de sa tête le chant mélodieux des anges. Lorsqu'ils se relevèrent, l'archevêque dit au marquis :

— Vous pouvez embrasser la mariée.

Ce fut un baiser très tendre, mais Odella se rendit parfaitement compte que le marquis, sans les exprimer, prononçait des vœux définitifs, et elle eut la certitude que son cœur lui appartenait pour l'éternité. Au sortir de la chapelle le prince-régent prit la parole :

— Toutes mes félicitations, Midhurst. Je vous souhaite à tous deux beaucoup de bonheur. Et maintenant je dois rejoindre mes invités.

— Votre Altesse Royale, permettez-moi d'abord de vous remercier, dit le marquis. Vous avez fait de moi le plus heureux des hommes.

— Et de moi la plus heureuse des femmes ! ajouta Odella.

Le prince-régent s'arrêta brusquement.

— Pendant la cérémonie je me demandais quel pourrait bien être mon cadeau de noces. Vous m'avez sauvé la vie, Midhurst, et je pense que cela vaut bien un duché. Votre femme sera certainement la plus belle duchesse de toute l'Angleterre.

Stupéfait, le marquis resta quelques instants sans voix, et le prince-régent poursuivit sans s'émouvoir :

— A titre personnel je veux vous conférer l'ordre de la Jarretière. On vient de l'offrir à Wellington, et ce n'est que justice de vous le donner aussi.

Le marquis ne put trouver de mots pour exprimer sa reconnaissance. Il mit en fait un genou à terre et baisa la main du prince-régent. Odella fit ensuite une profonde révérence.

— Et maintenant, dit le prince sur un ton enjoué, il est temps de s'amuser un peu. Nous allons souper immédiatement, et je veux boire du champagne à votre santé.

Sur ces mots il se mit en marche, suivi du marquis et de sa jeune épouse. Ils trouvèrent le grand salon rempli d'invités en train de commenter avec animation le drame qui venait de se produire. Toute trace de la tentative d'assassinat avait déjà disparu, et la seule conséquence notable était que plusieurs personnes avaient attendu un peu plus longtemps que les autres l'instant d'être présentées au maître de maison.

Le prince-régent donna ses ordres. Au lieu d'être servi comme d'habitude bien après minuit, le souper fut immédiatement apporté sur les tables dressées pour la circonstance, non seulement dans la salle à manger, mais aussi dans l'orangerie. Odella fut placée entre le marquis et Son Altesse Royale, à la droite de celle-ci. A sa gauche se trouvait lady Hertford, dont à l'époque il était encore amoureux. Le marquis eût préféré taire, au moins provisoirement, la nouvelle de son mariage, mais le prince insistait pour en offrir la primeur à tout un chacun.

Odella jugea que son raisonnement se tenait.

L'agresseur avait été découvert grâce à elle, et sa vie serait en danger si d'autres espions cherchaient à venger leur acolyte.

— Notre nouvelle marquise est en sécurité auprès de son mari dont les exploits militaires sont connus de tous, dit-il. Adorable comme elle est, je comprends qu'il veuille la garder près de lui, de jour comme de nuit.

Les rires éclatèrent dans l'assistance à cet instant de son discours. Puis chacun, à l'instar de Son Altesse Royale, se leva pour boire à la santé des époux qui demeurèrent assis. Odella vivait comme un rêve ces moments inoubliables. Les mets les plus exquis se succédaient sans qu'elle prît garde à ce qu'elle mangeait. Elle savait seulement que le marquis était près d'elle et que leurs cœurs vibraient à l'unisson. L'amour les enveloppait tous deux de sa lumière éclatante.

A la fin du souper, les convives furent avisés qu'une salle de jeu ainsi qu'un salon de musique étaient à leur disposition. La plupart préférèrent cependant s'attarder à table pour commenter le dramatique événement qui s'était déroulé quelques heures plus tôt et avait failli coûter la vie au prince. C'est alors que le marquis dit, s'adressant au prince-régent :

— Je suis certain que Votre Altesse Royale me pardonnera de ramener ma femme à la maison.

Il insista sur le mot « femme » et le prince sourit d'un air indulgent.

— Elle est ravissante, absolument ravissante ! Sauvez-vous tous les deux, et si vous trouvez un moment demain dans la journée, Midhurst, passez me voir.

— Je vous le promets, Sire. Encore une fois merci du fond du cœur.

Odella voulut faire une révérence pour prendre congé mais le prince la releva et l'embrassa affectueusement.

— Si votre mari veille sur vous, n'oubliez pas non plus de prendre soin de lui. Le pays a besoin d'hommes de sa trempe, non seulement dans la guerre, mais aussi en temps de paix.

— Je vous promets d'être attentive à ses moindres désirs, dit Odella dans un sourire.

Ils quittèrent les lieux non sans mal car tout le monde se bousculait pour les féliciter. Les compliments pleuvaient de toutes parts, tant sur la bravoure du marquis dans la bataille que sur la beauté d'Odella, au point qu'en sortant, celle-ci remarqua :

— Si nous restions ici ne fût-ce qu'une heure, nous finirions par nous monter la tête !

— En ce qui vous concerne, ce serait au fond bien pardonnable, répliqua le marquis.

Odella se mit à rire. Un serviteur apporta sa sortie de bal et la lui mit sur les épaules, tandis qu'un autre annonçait au marquis que sa voiture était avancée. A la surprise de la jeune femme, les domestiques et quelques invités leur lancèrent des pétales de roses. Ils se hâtèrent de s'abriter dans la voiture qui partit au galop. Elle dit alors :

— Je me sens tout à fait mariée maintenant. Je suis heureuse qu'ils aient pensé aux pétales de roses. La tradition m'aurait manqué.

— Je ne pense qu'à une chose, c'est que vous êtes ma femme, répliqua le marquis.

En disant ces mots il l'attira contre lui et l'embrassa.

Couchée dans le grand lit à colonnes, Odella guettait la porte qui communiquait avec le boudoir. Elle ne s'était pas aperçue précédemment que la chambre du marquis donnait sur celui-ci, mais du côté opposé. Elle pensa qu'il l'avait délibérément installée là pour la garder près de lui. La détresse qui s'était emparée d'elle quand elle avait cru qu'il aimait lady Georgina lui revint fugitivement à la mémoire. Elle chassa vite cette pensée, car elle était désormais sûre des sentiments de son époux. Il ne faisait aucun doute que, dès ce soir, celui-ci oublierait son ancienne maîtresse. Avait-elle ou non connu les plans diaboliques du Français qu'elle hébergeait sous son toit ? C'était difficile à dire, mais en tout état de cause, c'était bien elle qui l'avait introduit à Carlton House. Odella ne connaissait guère les usages du monde, et pourtant elle avait l'idée que, dorénavant, les dames changeraient de trottoir en la voyant apparaître au détour d'une rue. Les invitations aux bals et aux réceptions se feraient rares, et elle ne serait sans doute plus jamais la coqueluche des salons à la mode. Les sentiments — dont elle ignorait la véritable nature — que le marquis avait un jour éprouvés pour cette femme étaient désormais sans importance, car c'était elle qu'il aimait. Elle n'avait plus aucune raison d'être jalouse.

— Il m'aime ! il m'aime ! articula-t-elle à voix basse.

C'est alors que la porte de communication

s'ouvrit, laissant entrer le marquis. Dans un élan passionné Odella lui tendit les bras. Il s'assit au bord du lit, saisit une de ses mains, puis l'autre et les baisa avec ferveur.

— Comment faites-vous, demanda-t-il, pour être à la fois si belle et si intelligente ? Et voilà que maintenant, vous êtes à moi !

— C'est mon plus cher désir, dit Odella dans un murmure.

— Vous êtes à moi, à moi seul, et plus jamais je ne vous permettrai de risquer votre précieuse existence dans de sombres drames comme celui-là, où d'ailleurs vous n'auriez jamais dû vous laisser entraîner.

— C'était une aventure, une croisade, et nous avons gagné ! dit fermement Odella.

Elle crut qu'il allait l'embrasser. Au lieu de cela, il ôta sa robe de chambre et se glissa dans le lit à côté d'elle. Il l'attira contre lui en disant :

— Ma chérie, ma douce, je vous aime de tout mon cœur, de toute mon âme, et aussi de tout mon corps. Mais j'ai peur de vous effrayer, ou de vous blesser.

Le rire argentin d'Odella ressemblait au chant des oiseaux.

— De quoi pourrais-je bien m'effrayer, demanda-t-elle, quand je sais que notre amour, déjà si parfait, est évidemment d'essence divine ? Sous vos baisers, j'ai l'impression de toucher les étoiles.

C'est ce moment qu'il choisit pour l'embrasser, et il sut qu'elle disait la vérité. Il sentait la joie qu'elle éprouvait se communiquer à son propre corps, pour les entraîner irrésistiblement vers le ciel. Il n'avait jamais connu semblable ivresse. Quand il la fit enfin sienne, leur extase atteignit un paroxysme. Puis ils furent envahis par l'ardeur de l'amour, qui nous vient de Dieu, et ne se rencontre qu'au paradis des amants.

## CARTLAND Barbara (Sélection)

*Les belles amazones* 727/**3**
*Une trop jolie gouvernante* 804/**3**
*Le fantôme de Monte-Carlo* 854/**2** (Sept.)
*L'amour vient quand il veut* 868/**2**
*Le printemps d'Aurélia* 878/**3**
*Le retour de la belle inconnue* 883/**3**
*Cléona et son double* 908/**2** (Sept.)
*La révolte de lady Corinna* 964/**3**
*L'amour au bout du chemin* 965/**2**
*Les roses de Lahore* 1069/**2** (Sept.)
*Le message de l'orchidée* 1072/**2** (Sept.)
*Quand l'amour triomphe* 1076/**2** (Sept.)
*La flamme d'amour* 1110/**2** (Sept.)
*Les beaux messieurs* 1134/**2** (Sept.)
*Comtesse Natacha* 1145/**2** (Sept.)
*La splendeur de Ventura* 1155/**2** (Sept.)
*Mon beau capitaine* 1167/**2** (Sept.)
*L'enchantement du désir* 1188/**2** (Sept.)
*La première étreinte* 1189/**2** (Sept.)
*La revanche de lord Ravenscar* 1321/**2** (Sept.)
*Les deux cousines* 1384/**3** (Sept.)
*Un amour de légende* 1747/**2** (Sept.)
*Ola et le marquis* 1775/**2** (Sept.)
*Le festin secret* 1776/**2**
*Un souhait d'amour* 1792/**2** (Sept.)
*L'amour est un songe* 1843/**2** (Sept.)
*Splendeurs impériales* 1859/**2** (Sept.)
*Les colombes de l'amour* 1871/**2** (Sept.)
*Les violons de l'amour* 1883/**2** (Sept.)
*Le portrait de l'amour* 2367/**2** (Sept.)
*L'irrésistible charme d'Helga* 2429/**2** (Sept.)
*La trahison diabolique* 2516/**2** (Sept.)
*L'amour sans trêve* 2689/**2**
*Lilas blanc* 2701/**2**
*Amour, argent et fantaisie* 2832/**2**
*L'explosion de l'amour* 2833/**2**
*Le temple de l'amour* 2847/**2**
*Douce enchanteresse* 2857/**2**
*L'amour est un jeu* 2872/**2**
*Le château des effrois* 2873/**2**
*Un baiser de soie* 2889/**2**
*Aime-moi pour toujours* 2890/**3**
*La course à l'amour* 2903/**3**
*Un mal caché* 2904/**2**
*Danger sur le Nil* 2916/**3**
*Le duc infernal* 2948/**4**
*Une folle lune de miel* 2949/**2**
*Le parfum des dieux* 2960/**2**
*Un ange passe* 2972/**2**
*L'amour est invincible* 2973/**2**
*Le drame de Gilda* 3001/**2**
*La fuite en France* 3002/**2**
*Le voleur d'amour* 3017/**3**
*Musique miraculeuse* 3033/**2**
*Rêverie nocturne* 3034/**2**
*Danger pour le duc* 3047/**2**
*Ah, l'adorable menteuse !* 3048/**2**
*Coup de foudre à Penang* 3058/**2**
*Idylle au Ritz* 3068/**2**
*Tendre Lydia* 3069/**2**
*Le caroussel de l'amour* 3089/**2**
*La découverte du bonheur* 3090/**2**
*Les ailes de l'amour* 3108/**4**
*La sérénité d'un amour* 3109/**2**
*Une fuite éperdue* 3125/**3**
*Le lien magique* 3126/**2**

**NOUVEAUTÉS 92**

*L'amour tombé du ciel* 3140/**2**
*Etranges amazones* 3141/**2**
*Qui êtes-vous, Alexander ?* 3156/**3**
*La tigresse apprivoisée* 3157/**2**
*L'espoir perdu* 3178/**4**
*Le baiser d'un étranger* 3179/**2**
*Trois jeunes filles à Londres* 3198/**3**
*Sincère ou tricheuse ?* 3199/**2**
*Je marcherai vers toi* 3217/**4**
*Rolfe et Zarina* 3218/**2**
*Lady Toria* 3236/**4** (Juin)
*Quand vient l'amour* 3237/**2**
*L'amour aux mille couleurs* 3256/**2** (Juillet)
*Aucun cœur n'est libre* 3257/**4** (Juillet)
*Un tel enchantement* 3271/**3** (Août)
*Double jeu pour Taryna* 3283/**3** (Septembre)
*La dynastie de l'amour* 3284/**2** (Septembre)
*Un amour en Hongrie* 3305/**2** (Octobre)
*Comme une blonde fée* 3306/**2** (Octobre)
*Cœur volé* 3324/**3** (Novembre)
*Effrayée* 3325/**2** (Novembre)
*N'oublie jamais l'amour* 3344/**2** (Décembre)
*Du feu sur la neige* 3345/**3** (Décembre)

# Romans sentimentaux

*La littérature sentimentale a pour auteur vedette chez J'ai lu la célèbre romancière anglaise Barbara Cartland, qui a écrit plus de 500 romans. A ses côtés, Anne et Serge Golon avec la série des Angélique, Juliette Benzoni et des écrivains anglo-saxons qui savent évoquer toute la force des sentiments (Janet Dailey, Theresa Charles, Victoria Holt...).*

| | |
|---|---|
| **AMIEL Joseph** | **Les droits du sang** 2966/**8** |
| **BÉARN Myriam et Gaston de** | **L'or de Brice Bartrès** 2514/**4** |
| **BENZONI Juliette** | **Marianne, une étoile pour Napoléon** 2743/**7** |
| | **Marianne et l'inconnu de Toscane** 2744/**5** |
| | **Marianne - Jason des quatre mers** 2745/**5** |
| | **Toi, Marianne** 2746/**5** |
| | **Marianne - Les lauriers de flammes** 2747/**8** |
| **BIALOT Joseph** | **Elisabeth ou le vent du sud** 3088/**5** |
| | **Le vent du sud - 2 Judith** 3098/**5** |
| **BLAKE Jennifer** | **Les secrets du passé** 3323/**7** (Novembre 92) |
| **BRISKIN Jacqueline** | **Le cœur à nu** 2813/**6** |
| | **Paloverde** 2831/**8** |
| | **C'est écrit dans le ciel** 3139/**8** (Octobre 92) |
| **BROWN Sandra** | **Texas !** 3282/**3** (Octobre 92) |
| **BUSBEE Shirlee** | **La rose d'Espagne** 2732/**4** |
| | **Le Lys et la Rose** 2830/**4** |
| **CHARLES Theresa** | **Le chirurgien de Saint-Chad** 873/**3** |
| | **Inez, infirmière de Saint-Chad** 874/**3** |
| | **Un amour à Saint-Chad** 945/**3** |
| | **Crise à Saint-Chad** 994/**2** |
| | **Pour un seul week end** 1080/**3** |
| | **Lake qui es tu ?** 1168/**4** |
| | **Le château de la haine** 1190/**2** |
| | **Les rebelles de Saint-Chad** 1495/**3** |
| **COOKSON Catherine** | **L'orpheline** 1886/**5** |
| | **L'homme qui pleurait** 2048/**4** |
| | **Le mariage de Tilly** 2219/**4** |
| | **La passion de Christine Winter** 2403/**3** |
| | **La maison des flammes** 2997/**5** |
| | **Le fouet** 3343/**7** (Décembre 92) |
| **DAILEY Janet** | La saga des Calder : |
| | **- La dynastie Calder** 1659/**4** |
| | **- Le ranch Calder** 2029/**4** |
| | **La Texane** 1777/**4** |
| | **Le mal-aimé** 1900/**4** |
| | **Le triomphe de l'amour** 2430/**5** |
| | **Les grandes solitudes** 2566/**6** |
| **DALLAYRAC Dominique** | **Et le bonheur maman ?** 1051/**3** |
| **DAVENPORT Marcia** | **Le fleuve qui tout emporta** 2775/**4** |
| | **Paul et Mary** 3197/**5** |

| | |
|---|---|
| **DESMAREST Marie-Anne** | **Torrents** 970/**3** |
| | **Jan Yvarsen** 1024/**2** |
| | **Jan et Thérèse** 1112/**3** |
| | **Le fils de Jan** 1148/**3** |
| | **Le destin des Yvarsen** 1230/**2** |
| **EBERT Alan** | **Traditions** 2947/**8** |
| **FORSYTHE HAILEY Elizabeth** | **Le mari de Joanna et la femme de David** 2855/**5** |
| **GOLON Anne et Serge** | **Angélique, marquise des Anges** 2488/**7** |
| | **Angélique. le chemin de Versailles** 2489/**7** |
| | **Angélique et le Roy** 2490/**7** |
| | **Indomptable Angélique** 2491/**7** |
| | **Angélique se révolte** 2492/**7** |
| | **Angélique et son amour** 2493/**7** |
| | **Angélique et le Nouveau Monde** 2494/**7** |
| | **La tentation d'Angélique** 2495/**7** |
| | **Angélique et la Démone** 2496/**7** |
| | **Le complot des ombres** 2497/**5** |
| | **Angélique à Québec** 2498/**5** & 2499/**5** |
| | **Angélique La route de l'espoir** 2500/**7** |
| | **La victoire d'Angélique** 2501/**7** |
| **HEAVEN Constance** | **La maison Kouraguine** 812/**3** |
| | **Interroge le vent** 869/**3** |
| | **Comme un feu dévorant** 3216/**8** |
| **HEIM Peter** | **La clinique de la Forêt-Noire** 2752/**4** |
| | **Mariage à la clinique de la Forêt-Noire** 3107/**5** |
| | **Hommes et destins à la clinique de la Forêt-Noire** 3177/**5** |
| **HOLT Victoria** | **La maison aux mille lanternes** 834/**4** |
| | **La porte du rêve** 899/**4** |
| | **Le galop du Diable** 1113/**4** |
| | **La nuit de la septième lune** 1160/**4** |
| | **Le masque de l'enchanteresse** 1643/**4** |
| | **La légende de la septième vierge** 1702/**3** |
| | **Sables mouvants** 1764/**3** |
| | **Les sortilèges du tombeau égyptien** 2778/**3** |
| **IBBOTSON Eva** | **Une comtesse à l'office** 1931/**4** |
| **KEVERNE Gloria** | **Demeure mon âme à Suseshi** 2546/**6** |
| **LAKER Rosalind** | **Reflets d'amour** 2129/**4** |
| | **Le sentier d'émeraudes** 2351/**5** |
| | **Splendeur dorée** 2549/**4** |
| | **Les neiges de Norvège** 2687/**4** |
| | **Le sceau d'argent** 3032/**5** |
| **LINDSEY Johanna** | **Le vent sauvage** 2241/**3** |
| | **Un si cher ennemi** 2382/**3** |
| **McBAIN Laurie** | **Les larmes d'or** 1644/**4** |
| | **Lune trouble** 1673/**4** |
| | **L'empreinte du désir** 1716/**4** |
| | **Le Dragon des mers** 2569/**4** |
| | **Les contrebandiers de l'ombre** 2604/**4** |
| | **Splendeur et décadence** 2663/**5** |
| **MONSIGNY Jacqueline** | **Les nuits du Bengale** 1375/**3** |
| **MONTGOMERY Lucy Maud** | **Les vacances de Jane** 3296/**4** (Octobre 92) |
| **MOTLEY Annette** | **Le pavillon des parfums verts** 2810/**8** |

3237

Composition Gresse B-Embourg
Achevé d'imprimer en Europe (France)
par Brodard et Taupin à la Flèche (Sarthe)
le 25 mai 1992. 6303F-5
Dépôt légal mai 1992. ISBN 2-277-23237-8

Éditions J'ai lu
27, rue Cassette, 75006 Paris
*Diffusion France et étranger : Flammarion*